この素晴らしい世界に祝福を！6

六花の王女

暁　なつめ

角川スニーカー文庫

19042

Character
ダクネス
年齢 18歳
職業 クルセイダー
モンスターから攻撃されることに快楽を感じている防御専門の女騎士。大貴族・ダスティネス家のお嬢様でもある。特技は妄想。
アクア
年齢 年齢不詳
職業 アークプリースト
若くして死んだ人間を導く女神。カズマと共に魔王の討伐を目指す。好きなものは酒、特技は宴会芸。
めぐみん
年齢 14歳
職業 アークウィザード
紅魔族の中でも随一の天才魔法使い。「爆裂魔法」の魅力に取り憑かれ、それしか使えないし、使わない。好きなものは爆裂魔法。特技は爆裂魔法。趣味は爆裂魔法。
アイリス
年齢 12歳
職業 王女
ウィズ
年齢 20歳
職業 店主
カズマ
年齢 16歳
職業 冒険者
アクアを道連れにした、現世でも異世界でも引き篭もりの冒険者。魔王討伐という任務を既に諦めかけている。
クリス
年齢 15歳？
職業 盗賊
バニル
年齢 年齢不詳
職業 大悪魔兼店員

六花の王女
この素晴らしい世界に祝福を！ 6

ダクネス
無礼を働くなよ？　言葉遣い一つで
本当に首が飛びかねんからな？
アクア
とっておきの宴会芸で
盛り上げてみせるわ。
そう、ダクネスが恥を
かかない様にね！

私も紅魔族流の派手な登場で、お姫様を驚かせてみせましょう。
めぐみん

下賤の者、王族をあまり不躾に見るものではありません。
それよりも、早く挨拶と冒険譚を。
お兄様には、その、
私の遊び相手と申しますか……。
アイリス

私、あなたの様な人に
会ったのは初めてなんです。

エリス
義賊……。ちょっとだけ憧れてしまいます。

クリス
どうか、神器の回収をお願いできませんか？
今から王女様のところへ
遊びに行かない？

この素晴らしい世界に祝福を!6

六花の王女

CONTENTS

口絵・本文イラスト/三嶋くろね
口絵・本文デザイン/
百足屋ユウコ+ナカムラナナフシ
(ムシカゴグラフィクス)

プロローグ

その日。

目が覚めた俺は、柔《やわ》らかなベッドの上から降りようとせず、そのままパンパンと手を叩《たた》いた。

ドアの前に立つ執事《しつじ》を呼ぶためである。

その音を合図に現れたのは、執事服にキッチリと身を包んだ白髪《しらが》の老人。

「お呼びでしょうかカズマ様」

俺に対して深々と頭を下げるその老人に。

「ああ、目覚めのコーヒーを頼《たの》むよセバスチャン」

「ハイデルです」

「頼むよハイデル」

執事のハイデルにコーヒーを頼むと、俺は再びベッドの上に横になる。

やがてメイドのメアリーが、ベッドのシーツを替《か》えにくるのだろう。
だが、そう簡単にシーツを替えさせてやる訳にはいかない。
メイドさんには、簡単に仕事をこなさせないよう様々な妨害《ぼうがい》をする。
それが、どこかのクルセイダーに教わった正式なメイドの扱《あつか》い方である。
やがて、ドアをコンコンと叩く音。
ほーらきた。

俺の専属メイドのメアリーだ……。

第一章 この明るい未来に祝杯を！

1

このところ旅にばかり出ていたせいで、どことなく埃《ほこり》っぽい懐《なつ》かしの我が屋敷《やしき》。

俺は広間の中央で、柔らかな絨毯《じゅうたん》の上にあぐらをかき、つい先日までの出来事を振《ふ》り返っていた。

――昔から優秀《ゆうしゅう》な魔《ま》法使《ほうつか》いを数多く輩出《はいしゅつ》してきた、アークウィザードの聖地、紅魔《こうま》の里。

そんな紅魔の里より、魔王《まおう》軍来たるの報と、遺言《ゆいごん》が書かれた手紙が、とある少女の下《もと》へ送られた。

その少女は自分一人が駆《か》け付けても大した力になれない事を知りながら、それでもなお、里へ帰る事を決意した。

二度とこの街に帰れない事を理解した少女は、ずっと心の奥に秘《ひ》め続けてきた想《おも》いを俺に打ち明け、死地に向かう前に抱《だ》いて欲しいと告白してくる。

俺はその想いをキッパリ断り、悲しみに暮れる少女を残し旅に出た。

そう、その少女よりも先に、この俺自ら魔王軍を滅《ほろ》ぼすために……。

その後、なんやかんやありながらも俺の活躍《かつやく》で魔王軍幹部シルビアを倒《たお》し、紅魔の里には再び平和が戻《もど》ったのだが——

「……さっきからカズマがニヤニヤしてて気持ち悪いんですけど。このところすっかり暖かくなってきたし、これもしょうがないのかしら」

アクセルの街に帰ってからというもの、俺達は平和な日常を送っていた。

俺に対して舐《な》めた事を言ってきたアクアと共に、ダクネスやめぐみんが広間のソファーに仲良く座り、紅魔の里から持ち帰った携帯《けいたい》ゲーム機で代わりばんこに遊んでいる。

俺はふと我に返ると、そんな三人に向け、いつになく真剣《しんけん》な顔で告げた。

「妹が欲しい」

と。

――俺が放った一言に、一瞬《いっしゅん》その場が静まり返る。

そして……。

「ねえダクネス、順番は守らなきゃダメよ？　次は私の番だからね？　最後のボスを倒すのはこの私なんだから」

「いや待て、アクアやめぐみんは普段《ふだん》から実際にボスを倒しているではないか。せめてゲームぐらい、私に最後を締《し》めさせてくれ」

「いいえ、紅魔族として締めやトドメに関しては譲《ゆず》れません。それにラスボスは強敵に決まっています。すぐ敵に突《つ》っ込んでいくダクネスでは、また何度もコンティニューしないと倒せませんよ」

俺の言葉を聞き流す事にしたらしい三人は、きゃいきゃい言いながらゲーム機の順番を巡《めぐ》り争いを……。

「聞けよおおおおおおお！」

「わあああああーっ！　やめて、もうちょっとでゲームクリアなの！　みんなで時間かけながら、ようやくここまでやってきたのに！」

ゲーム機を取り上げた俺は、取り返そうとするアクアの手をかわしながらゲームを続け
……。

「ほらよ、ノーミスでラスボス倒してやったぞ！　これで満足か⁉」

「ちっとも満足しないわよ、どうして美味《おい》しいとこ持っていくのよ‼　みんなで苦労しながらやってきたのにどうしてくれんの⁉　ここまで三日もかかったのに！」

「うるせーなあ、じゃあもっかい貸せよ、さっきのとこまでノーミスで、三時間くらいでいってやんよ！」

「やめて、もうやめて！　私達の努力をこれ以上踏《ふ》みにじらないで！」

アクアが泣き喚《わめ》きながらゲーム機を奪《うば》い返す。

「紅魔の里ではそれなりに活躍したかと思えば、やはり根っこのところは屑《くず》だな貴様は！　我々の努力を無にして楽しいか⁉　ほら、めぐみんも何か言ってやれ‼」

激昂《げっこう》するダクネスの言葉にめぐみんは。

「……まあその、カズマだけ仲間はずれというのもかわいそうですしね。紅魔の里だっていつだって、最後に頼《たよ》りになるのはカズマです。今のも、私達らしくて良いではないですか」

「「えっ⁉」」

アクアとダクネスが驚《おどろ》きの声を上げ、めぐみんと俺を交互《こうご》に見る。

「ちょっとめぐみん、どうしたの？　いつもなら誰《だれ》よりも早くカズマに襲《おそ》いかかるとこなのに。アクセルの街で一番喧嘩《けんか》してる荒《あれ》くれ者って評判はどこにいっちゃったの？」

「うむ、上級前衛職『狂戦士』の素質が誰よりもありそうな、短気なめぐみんがこんなに大人しい訳がない。おいカズマ、紅魔の里で何があった？」

「二人とも失礼ですよ！　私は冷静沈着《ちんちゃく》が売りの職業、アークウィザードです！　……それでカズマは、いきなりどうしたのですか？　妹が欲しいなら私達に相談するより、ご両親にお願いした方が良いと思いますよ？」

「親には、昔から何度も妹が欲しいと訴《うった》えたさ。それも義理の妹が欲しいから、離婚《りこん》して子連れの親と再婚《さいこん》してくれってな。親に殴《なぐ》られたのはあの時が初めてだったな……」

「そんな事言い出した息子《むすこ》を家から追い出さないなんて、人間のできた親御《おやご》さんですね」

「俺の親の事はどうでもいいんだよ！　そもそも、国に帰る事ができない今、そんな事を言っても仕方がない。それよりも！」

俺は話についてこられないでいる三人に、オーバーアクションで頭《かぶり》を振ると。

「年上の癒《い》やし系お姉さんウィズ、活発系の元気娘《むすめ》クリス、クール系お姉さんセナに、幸薄《さちうす》いゆんゆん！　それこそ王道派ヒロインのエリス様に至るまで、俺には様々な美女や美少女達との出会いがあった」

「カズマさんカズマさん、私は？　私は何系の美女になるの？」

「お前は色物枠《わく》かペット枠だな。こ、こらっ、今大事なとこなんだ、言いたい事があるなら後にしろ！」

摑《つか》み掛《か》かってきたアクアを振り払《はら》うと、俺は拳《こぶし》を握《にぎ》り締め。

「……俺は大事な事に気が付いた。まだ、足りない系統があるじゃないか、と。俺の生まれた国、日本には、一応幼なじみの子だっていたんだ。……となると、あと何が足りないのかは分かっただろう？」

俺の言いたい事を理解してくれたのか、めぐみんが深々とため息を吐《は》き。

「……まったく、しょうがないですね。つまりこう言いたいのですか？　私に妹代わりになれと」

「何言ってんだ、めぐみんはロリ枠だろ」

「あれっ⁉」

なぜか驚くめぐみんの隣《となり》で、ダクネスが恥《は》ずかしそうに、おずおずと手を挙げた。

「そ、その、私は何系の女になるのだろうか……」

「お前はもちろんエロ担当」

「エロ担当⁉」

なにやらショックを受けているダクネスとめぐみんは置いといて、話をまとめる事にした。

「ほら、こないだ紅魔の里に行った時。めぐみんの妹がいたろ？　そこであらためて思った訳だ。ああ、やっぱ妹が欲しいな、って。……これで俺が言いたい事は分かったか？」

「ちっとも分かりません」

そう答えたのは、最後まで律儀《りちぎ》に聞いてくれていたアクアだった。


――俺が今になってそんな事を言いだしたのにも、一応ちゃんとした理由がある。

それは……。

「王女様かあ……。俺より年下らしいけど、妹キャラかなあ……」

そう。俺は、例の手紙をくれた第一王女に期待していた。

聞いた話によると、王女様はまだ12歳らしい。

その年齢《ねんれい》は、流石《さすが》に俺のストライクゾーンから外れている。

ならせめて、その子と仲良くなったあかつきには、お兄様とか呼んでもらいたいものだ。

そんな俺の想いを知ってか知らずか、紅魔の里から帰ってきてからというもの。

「……なあカズマ。今からでも遅《おそ》くはない、この話は断ろう！　な？　相手は国のトップなのだぞ？　会食といっても、お前が期待している様なものではない。きっと堅苦《かたくる》しいものになる！　な？　皆《みな》もこの話は気にしないでおこう！」

何時《いっ》になく必死なダクネスが、こうして、定期的に説得を試みていた。

ここ数日、俺達を王女様に会わせないようにと色々な手を尽《つ》くしてきたダクネスだったが、さきほどの言葉を聞いて、その必死さの度合いが普段より増している。

俺は絨毯に座り込んだままポツリと呟《つぶや》く。

「……お前、俺達が王女様に、何か無礼を働くとか思ってるだろ」

その一言に、ダクネスがビクッと身を震《ふる》わせた。

ダクネスの視線が泳ぎ、やがてちょっと顔を下げ。

「そ、そんな事はない……ですよ？」

誰だお前は。

「おい、ちゃんと俺の目を見ながら、慣れない敬語は止《や》めて言ってみろ。俺達が何かやらかして、ダスティネス家の名に泥《どろ》を塗《ぬ》るとか、そんな心配しているんだろ」

「そうなの⁉　ダクネス酷《ひど》い！　私だって礼儀《れいぎ》作法ぐらい知っているんだからね！」

「まったく心外です！　ダクネスは、私達があなたの不利になる様な事をするとでも思っているのですか？　私達は仲間でしょう！　もっと信頼《しんらい》してください！」

俺の言葉を聞いて、アクアとめぐみんが口々に言う。

「う……うう……。ハッキリ言って、お前達の事をこれ以上ないぐらいに理解しているからこそ、不安になっているのだが……」

ダクネスが、泣きそうになりながらそんな事を言ってくる。

そんな不安でいっぱいな顔のダクネスに。

「俺だって身分の違《ちが》いはちゃんと理解してるし、最低限の礼儀は知ってるさ。俺が浮《う》かれてるのは、上流階級のお嬢様《じょうさま》に会えるから。ただ、それだけだよ」

「お、おいっ、私も一応、上流階級のお嬢様なのだが！」

泣きそうな顔になりながらも、ちゃんと抗議《こうぎ》はしてくるダクネス。

珍《めずら》しくオロオロしているダクネスに新鮮味《しんせんみ》を感じながら、

「おっと、タキシードを買っておかないとな。お前らもドレスなんて持ってないだろ？　一緒《いっしょ》に仕立てて貰《もら》おうぜ」

「良いわね！　私もたまには羽衣《はごろも》以外を着てウロウロしたいわ！　でも仕立てるのに間に合うかしら」

「私はもちろん黒のドレスですかね。大人な雰囲気《ふんいき》溢《あふ》れるヤツを仕立てて貰いましょうか」

俺達はそんな事を言いながら、ドンドン盛り上がる。

アクアとめぐみんも、辞退する気はさらさらない様だ。

そんな俺達を見て、ダクネスがいよいよ泣きそうな顔になりながらも。

「お、お前ら……、相手は一国の王女様だからな？　場合によっては本当に首が飛ぶからな？　カズマ、お前からもこの二人に釘《くぎ》を刺《さ》して……」

「やっぱタキシードってのもありきたりだな。よし、ここは一つ王女様に強烈《きょうれつ》な印象を与《あた》えるためにも、ＫＩＭＯＮＯとＨＡＫＡＭＡでも仕立ててもらって……」

「頼《たの》む、何でもする！　私にできる事なら何でもするから、聞いた事もない奇抜《きばつ》な格好をするのは止めてくれ！」

ダクネスが、すがるように言ってきた。

2

「それじゃあ、王女様一行が来るまでの一週間。そこまで言ってくれるのなら、色々と家事を頼むな」

ダクネスが泣いてすがりついてきた翌日の事。

「……わ、分かった。というか紅魔の里でのあの発言は、本気で言っていたのだな。私は、まだお前の事を甘く見ていた様だ」

今のダクネスの服装は、あえて小さめサイズのメイド服。

丈《たけ》の短い特別仕様を着用したダクネスは、エロ担当の名にふさわしい色気がある。

そんなダクネスが、何かを諦《あきら》めたかの様な表情で俺の前に待機していた。

殊勝《しゅしょう》なダクネスを見て、俺はつい調子に乗り。

「そこは、かしこまりましたご主人様、だろう」

「……ん……くっ!! か、かしこまりましたご主人様！　私は卑《いや》しいメス豚《ぶた》です……!!」

「そこまで言えとは言ってない」

プルプルと赤い顔で震えだしたダクネスに待ったをかけた。

——ＫＩＭＯＮＯをやめ、そして王女様に無礼を働かない事を条件に、俺は以前からの希望を叶《かな》えてもらった。

そう、丈の短いメイド服で、かいがいしく世話をしてもらうというヤツだ。

あまり調子に乗ると後が怖《こわ》いので手加減するが、たまには役得があっても良いだろう。

「では、何をしようか。正直家事なんてした事がないから、何から始めればいいのかさっぱり分からん。とりあえず、カズマのズボンの股間《こかん》部分にお茶でもこぼして、それを慌《あわ》てながら拭《ふ》けばいいのか？」

「お前はお茶を淹《い》れるのは禁止な」

こいつの頭の中のメイドさんはどんな職業なのだろう。

「まあれだ、適当に掃除《そうじ》でもしててくれ。食器洗いはいいからな。割るだろうし。そんな非経済的なお約束はいらない」

「……む。……分かった……」

何だかちょっとガッカリした様子のダクネスが、トボトボと広間を出て行った。

アクアとめぐみんはウィズの店へと出かけている。

という訳で、今は広い屋敷《やしき》の中にダクネスと二人きりだ。

思えばダクネスには、日頃迷惑《ひごろめいわく》かけられっぱなしだ。

今日はせいぜいこき使ってやろう。

……と。

「きゃあああああっ！」

わざとらしい悲鳴と共に、陶器《とうき》が割れる音が響《ひび》く。

そして何かの破片《はへん》を抱《かか》えたダクネスが、こちらに向かって駆《か》けてきた。

「申し訳ありませんご主人様！　ご主人様が大切にしていたツボを割ってしまいました！　このお仕置きはどんな事でも……っ！」

「俺はツボなんて大事にしてもいないしそんな物持ってもいなかったが、本当に俺が大事にしている物を壊《こわ》したらお仕置きとして、そのメイド服姿で冒険《ぼうけん》者ギルドに出向かせるからな」

「!?」

——埃《ほこり》まみれになるのも構わずに、せっせと雑巾《ぞうきん》がけをしたり窓の枠を拭いたりと、かいがいしく家事をこなしていくダクネス。

俺はそんなダクネスの、家事の出来具合をチェックする。

なぜそんな事をするのかといえば暇《ひま》だからだ。

俺はダクネスが磨《みが》いていった窓枠《まどわく》の縁《ふち》を、指でなぞってそれを見る。

だが、期待していた様に指先に埃が付く事はなく、隅々《すみずみ》まで綺麗《きれい》に掃除されていた。

「……くっ、器用度が低いくせに、こんな時だけちゃんと抜《ぬ》かりなく掃除しやがって……！　いちゃもんつけてお仕置きと称《しょう》し、メイド服クルセイダーララティーナの名を、ギルドに定着させてやろうと思ったのに」

「ふふ、そう易々《やすやす》とお仕置きなど受けんさ。相変わらず私の本当に嫌《いや》がる事を的確に思いつくヤツめ。……というか、ラティーナと呼ぶのは本当にやめてくれ、お願いします」

頰《ほお》を赤くするダクネスに、掃除においては及第《きゅうだい》点を与えざるをえなかった。


——だが、その後も。


「……くっ、塩と砂糖を間違《まちが》えるとか、何かやらかすと思ったのに……！」

「ちゃんと書いてある字を読めば、普通《ふつう》は間違えたりしないだろう。それに冒険者稼業《かぎょう》をやっていれば、肉を焼くぐらいはできるさ」

俺はダクネスに作ってもらった昼食を食べ、思わず唸《うな》る。

ご飯と生野菜と焼肉だが、シンプルで失敗しない料理を選ぶ辺り、本気でお仕置きされたくないのがうかがえた。

ダクネスが、勝ったと言わんばかりの表情で。

「ふふ、使っているのはかなりの高級肉。味はどうだ？」

「普通」

「⁉」

――トイレ掃除。

それは、本来アクアの担当なのだが。

「……その、トイレの掃除は必要なのかこれは」

「……い、いらないかな」

水の女神《めがみ》の浄化《じょうか》作用のおかげだろうか。

適当に掃除しているクセに、アクアが管理しているトイレは家の中のあらゆる場所の中で、一番ピカピカに光り輝《かがや》いていた。

仕方がないので次にいこう。

「――本当に!? これは本当に、一番大切なメイドの仕事なのか!? 私が物を知らないと思い適当に言っていないか!? 少なくとも我が家で雇《やと》っていたメイドには、父はこんな事をさせていなかったのだが!」

「本当だ! 俺の国では、コレをやらないメイドなんてメイドじゃない!」

俺は何度も玄関《げんかん》から出たり入ったりをしながら、その度《たび》にダクネスから、スマイルと共にお帰りなさいませご主人様を言ってもらっていた。

「ほらっ、笑顔《えがお》が硬《かた》い！　お前は何で常日頃からそんなに無愛想《ぶあいそう》なんだ！　怖い！　もっとニコッとしながらお帰りなさい！」

「お、お帰りなさいませご主人様！」

「違う！　手はこう！　足はこう！　もっと前屈《まえかが》みに、色々と強調して！　エロい事だけがお前の唯一《ゆいいつ》の取り柄《え》だろうが！　さん、はい！」

「お帰りなさいませご主人様！　いたぶられるのは好きですが、あまり調子に乗りますと、私のもう一つの取り柄の握力《あくりょく》が……！」

「あああああ、割れる、頭が割れる！　なんか出る！　ごめんなさい‼」

こめかみにアイアンクローを食《く》らった俺は悲鳴を上げながら謝った。

3

「まったく。私だってもっとこう、ゾクゾクする様な仕置きや嫌がらせなら付き合うのもやぶさかではないのに」

「そんな事言いながら、本当に最後の一線を越《こ》えそうなのはお前だって尻込《しりご》みするクセに」

ひとしきりダクネスで遊んだ後、俺達は街を歩いていた。

「でも、お前だってメイド姿が満更《まんざら》でもなさそうだったじゃないか。もっと普段《ふだん》からヒラヒラしたのも着てみろよ」

ダクネスに、街中でのメイド姿は勘弁《かんべん》してくれと泣きつかれたので、今は普段着を許可している。

「……可愛《かわい》らしい服が似合わないのは自分が一番分かっている。だから、明日《あした》からの家事は普段着でお願いしたいのだが……」

「それは断る」

困った様に、それでいて、なぜかちょっとだけ嬉《うれ》しそうな表情で項垂《うなだ》れるダクネスを連れ、俺は目的の店にやってきた。

「よう、邪魔《じゃま》するぞー」

「あっ、カズマさんいらっしゃいませ！　丁度、カズマさん考案の着火具が搬入《はんにゅう》されたとこですよ！」

俺達がやってきたのはウィズの店。

今日は日本にあった数々の便利グッズを売り出す日。

店の中では、興味深そうに開発された商品を眺《なが》めるめぐみんと、茶菓子《ちゃがし》を与えられ、大人しくしているアクアがいた。

一番インパクトのあるアイツはどうやら留守にしている模様。

俺に気付いためぐみんが、オイルライターを手に取り俺を呼んだ。

「カズマカズマ、早く見せてください、この魔道具《まどうぐ》の力を！」

「魔道具じゃなく、俺の国の便利アイテムだって言ってるだろ？　まあ見とけ」

めぐみんからそれを受け取ると、俺はライターに火を付けた。

「「「おおっ!?」」」

俺が灯《とも》した火に、めぐみん、ダクネス、そしてウィズの三人が声を上げる。

「こ、これは凄《すご》く便利ですね！　本当に、まんまティンダーの魔法《まほう》じゃないですか！　カズマさん、これは売れますよ！」

ウィズが興奮した面持《おもも》ちではしゃいでいる。

「簡単な構造なのによくできてますね。魔道具ではないというのが信じられないです。しかもこれ、大事に使えば凄く長く使えそうですし」

感心した様にライターを手に取り色んな角度から眺め回しているめぐみんは、興味深そうに感想を言った。

「これは私も一つ欲しいな。火打石は湿気《しけ》った場所では使い辛《づら》かったり、火を起こすのに時間がかかったり。他《ほか》にも、火種となる燃え易《やす》い物を、濡《ぬ》らさない様に持ち歩く必要もあり面倒《めんどう》だ。これならそれらの問題が一発で解決する。ウィズ、カズマ、一つくれ。幾《いく》らだ？」

ダクネスがそう言いながら、サイフから金を出そうとした。

それを聞いたウィズは微笑《ほほえ》むと。

「お金なんかいりませんよ。これはカズマさんが考案した物を、私達が作らせて頂いた物ですし。それに、この商品の開発には皆《みな》さんの協力もありましたしね。お好きな物を持っていってください」

ウィズの言葉に、嬉々《きき》としてライターを選ぶダクネスとめぐみんを見ながら、茶菓子を貪《むさぼ》っていたアクアが小バカにした様に鼻で笑った。

「もう、未開人なんだから。ライター一つで何を喜んじゃっているのかしら。こんな物、本当に簡単な作りなのよ？　まったく、これだから文明が遅《おく》れてる人達は、まったく……」

ウィズ達三人を上から目線でからかいながら、アクアもライターの一つに手を伸《の》ばし……。

その伸ばした手を、俺は横からぺしっとはたいた。

「………何よ。何すんのよカズマ。私にも選ばせてよ」

「いやお前は金払《はら》えよ」

当たり前だろと続ける俺に、アクアが食って掛《か》かってきた。

「はあ？　なんでよ、なんでいつもいつも私にだけ意地悪するのよ！　ウィズがくれるって言ったのよ!?　何でダクネスとめぐみんは良くって私だけ駄目《だめ》なのよ、私だけ仲間はずれにしないでよ！」

「この三人をからかったりしなきゃ、別に良かったんだが。つーかお前、この件に関しては何もしてないだろ。店主のウィズはもちろんとして、めぐみんには紅魔族の魔道具作製知識を教えてもらったし、ダクネスには大手卸《おろし》売り業者のコネを紹介《しょうかい》してもらったんだぞ。その間お前は、屋敷《やしき》で食っちゃ寝《ね》してただけじゃねーか。分け前が欲しいってのなら、外で客引きの一つでもしてこい」

俺の言葉にアクアはじわりと涙《なみだ》ぐむと、捨てゼリフを吐《は》きながら店の外に飛び出した。

「わあああああーっ！　カズマの甲斐性《かいしょう》なし！　カズマが私達の脱《ぬ》ぎ散らかした洗濯物《せんたくもの》、クンクンしてる事黙《だま》っててあげようと思ったのにっ！」

「おい待て！　お、俺そんな事してないぞっ！　滅多《めった》な事言うなよ、おい！　……本当だって！　めぐみんもダクネスもそんな目で俺を……。ちょ、ウィズまで！　違《ちが》うよ、濡れ衣《ぎぬ》だって！」

アクアが口走った誤解を解くために俺が必死で弁解する中、店から出てったアクアが入り口から、ひょこっと顔だけ覗《のぞ》かせた。

「……人いっぱい集めたら、私にも一つくれる？」

「やるから、まずはこの誤解を解いていけ！」

4

魔道具店の前には凄《すさ》まじい人だかりができていた。

ウィズいわく、この通りにこれだけの人が殺到《さっとう》するのは初めての事だそうだ。

今日はまだ姿を見ていないバニルは、街でビラを撒《ま》いているらしい。

もしかしたら、それもこの騒《さわ》ぎに影響《えいきょう》しているのかもしれない。

人だかりの中に、チラシを手にしている人も見えるから。

「……しかし、凄い人の数だな」

「……そうだな」

ダクネスの呟《つぶや》きに、俺は適当に相槌《あいづち》を打つ。

「……これが、全部商品目当てのお客さんなら、良かったんですけどね……」

「…………そうだな」

めぐみんの言葉に、俺は力なく言葉を返した。

俺は、人だかりの中心に目をやった。

隣《となり》では、ウィズが困り顔でおずおずと。

「……ウ、ウチへ来るつもりだったお客さん達まで、みんな取られちゃってますね……」

「ああ、そうだな！　ああああああ、もうあいつは一体何なんだああああ！」

俺達が見つめる先には、凄まじい人だかりの中持ち前の芸を披露《ひろう》し、喝采《かっさい》を浴びるアクアがいた。

そこには、チラシを見て来てくれたであろう客までもが人の輪に入り込み、何のためにここに来たのかなど忘れてしまっていた。

客引きしろとは言ったが、誰《だれ》が目的忘れるまで夢中にしろっつった。

当のアクア自身も、すでに当初の目的をすっかり忘れ、全力で芸を披露している。

「さあ続いては、取り出したるこの何の変哲《へんてつ》もないハンカチから！　なんとビックリ、鳩《はと》が出ますよ！」

言って、アクアが一枚のハンカチを広げて見せた。

それはよくあるあの手品。

事前に服の中に鳩を入れ、それをハンカチから飛び出す様に見せるアレだ。

アクアはハンカチを一振《ひとふ》りすると、その中から……、

「「「うおおおおおおっ!?」」」

数百を超《こ》える鳩の群れを羽ばたかせ、集まった見物客を驚愕《きょうがく》させた。

「多過ぎだろ！　何だあれ、あいつ今どうやった!?　物理的に不可能だろ今のは！」

俺は自分の目を疑い隣のウィズに慌《あわ》てて聞くも、

「な、何でしょうか……。魔力《まりょく》を感じませんでしたから、召還《しょうかん》魔法を使った訳ではなさそうですし、あれだけの鳩の大群をどこかに隠《かく》しておくわけにも……。……えっと、本当にどうやって……？」

と、魔法のエキスパートであるウィズでさえも、口元に手を当て悩《なや》んでいる。

「あ、おひねりはやめて下さい。私は芸人ではないので、おひねりはやめて下さい」

観衆から投げられる大量のおひねりを、アクアは丁重《ていちょう》に断っていた。

芸に関しては譲《ゆず》れない何かがあるらしい。

というか、あいつ芸だけで十分食っていけるだろ。

俺達が半ば呆《あき》れ、そしてアクアの芸のレベルの高さに、俺達も観衆に混じって眺め始めていたその時だった。


「な、なんだこの有様は……」


いつの間にか帰ってきたらしいバニルが、人だかりを見て呆然《ぼうぜん》としている。

その中心に立つアクアは、ウィズの店から持ち出したと思われる大量のポーションを見せつけると。

「さあ次は、私が三つ数えると、このたくさんのポーション瓶《びん》が一本残らず消え去りますよ！　どこへ消え去るのかは私にもさっぱり分かりません！　それでは三つ数えます！」

「数えるなこの大たわけが‼　貴様、ここで一体何をしている！　日夜我々の店のドアノブに聖水を振《ふ》りかけていくだけでは飽《あ》き足らず、とうとう真正面から営業妨害《ぼうがい》を始めたのか！」

あいつ、ここ最近ちょろちょろ出歩いてると思ったらそんな事してたのか。

「ちょっと邪魔しないでよヘンテコ仮面！　ここは天下の公道よ、私が芸をして何の文句

「大ありだこのたわけ！　今日はこの店の未来を賭《か》けた、記念すべき新規商品売り出しの日！　こんな祝いの門出《かどで》の日に貴様の営業妨害に付き合っている暇《ひま》はないのだ！」

客をほったらかしてギャイギャイ騒《さわ》ぐ二人をよそに、ウィズが声を張り上げる。

「お集まりの皆様《みなさま》、本日は便利な道具の数々が揃《そろ》っております！　ぜひご覧になっていってください！」

ウィズの、店主らしいところを初めて見た！

——色々あったが。

「さあ、いらさいいらさい！　今なら、一万エリス以上お買い上げの方には特別に、夜中に笑うバニル人形をプレゼント中！　五万エリス以上お買い上げの方には、なんと！　我《わが》輩《はい》とお揃いのバニル仮面をプレゼント！　……おっと少年、我輩が着けているこの仮面は非売品だ。すまんな、こっちの色違《いろちが》いのヤツにしてくれ。……さあ、いらさいいらさい！」

威勢《いせい》の良い呼び込みをする怪《あや》しげな店員が、なぜか子供達から異様な人気を誇《ほこ》る中。

「ありがとうございます、ありがとうございます！　あっ、ライター二つにバニル仮面ですね！　ありがとうございます！」

日本製の便利グッズは、まさに飛ぶ様に売れていた。

なんてこった。こんなに売れるのなら、もっと早くから商売やっとけば良かった。

「ダクネス放して！　私のお客を盗《と》られたみたいで、何だかとっても悔《くや》しいの！　芸の続きをやらせて頂戴《ちょうだい》！」

「アクア落ち着け、お前は目的を見失っている！　ほら、大人しくこっちに来い！」

営業妨害をしようとするアクアがダクネスに引きずられていく中、ウィズとバニルが慌ただしく客をさばいていた。

やがて多少は客足が落ち着いてきた頃《ころ》、上機嫌《じょうきげん》のバニルが俺達の下《もと》にやってくる。

「フハハハハハハ！　笑いが止まらんとはまさにこの事！　見ろ、まだ閉店までかなりあるにも拘《かか》わらず、今日の分の商品が底を突《つ》きそうだ。改めて礼を言うぞ、旅先で仲間とちょっと良い雰囲気《ふんいき》になったのに、帰ってからちっとも進展がなくソワソワしている小僧《こぞう》！」

「おい、それ俺の事か!?　もしかしなくても俺の事か!?　おお、お前ふざけんなよ、べべ別にソワソワしてねーし！　な、何だよめぐみん、チラチラこっち見んなよ！」

「み、見てませんよ、見てません！　動揺《どうよう》しないでください、悪魔《あくま》の言う事なんかに翻弄《ほんろう》されてどうするのですか！」

紅魔の里から帰ってきて、俺が一番気になってた事にあっさりツッコみやがって！

「貴様らがつがいになろうが子作りしようがどうでも良いが、二人してチラチラと様子を窺《うかが》い合っている姿は見ていて鬱陶《うっとう》しいので、とっとと宿なり暗がりなりにしけ込んでくるが吉《きち》。まあ、今はそんな事よりも、だ」

こいつ本当に、アクアを呼んで始末してもらおうかな。

「この調子なら、貴様の取り分である三億エリスは月末には用意できるだろう。しばし待たせる代わりにという訳でもないが、これをやろう」

そう言って、バニルがそっと渡《わた》してきたのは、バニルが身に着けているのとは微妙《びみょう》にデザインの違う黒い仮面。

「巷《ちまた》で密《ひそ》かに人気の、当店の売れ筋商品の一つ、量産型バニル仮面だ。月夜に着ければ謎《なぞ》の悪魔パワーで魔力上昇《まりょくじょうしょう》、血行促進《そくしん》、肌《はだ》もツヤツヤ、絶好調になれる代物《しろもの》だ。それは中でもレア物なブラック仮面であるからして、子供達に自慢《じまん》するが良いぞ」

い、いらねえ……。

ていうかこれ、身に着けたら呪《のろ》われたりしないんだろうな……？

5

あの日から、ウィズの店が繁盛《はんじょう》するという珍《めずら》しい現象が続いている。

そして、今日は――


「さてお前ら。分かってるな？」

そう。今日は待ちに待った王女様との会食日。

ダクネスがいない広間において、俺はアクアとめぐみんを前に言った。

ダクネスに恥《はじ》をかかせる訳にはいかないという事を。

「もちろん分かってるわ。こんな機会滅多《めった》にないもの。とっておきの宴会《えんかい》芸で盛り上げてみせるわ。そう、ダクネスが恥をかかない様にね！　……ところでカズマ、帽子《ぼうし》から虎《とら》が出る芸をしようと思ったんだけれど、そもそも虎がいないのよ。この際虎っぽい初心者殺しで我慢《がまん》するから、捕《つか》まえるのを手伝ってくれない？」

「私も紅魔族流の派手な登場で、お姫様《ひめさま》を驚《おどろ》かせてみせましょう。カズマ、派手に煙《けむり》を焚《た》く物と花火が必要なのですが、そういった物はどこで買えば良いのでしょうか？」

……ダクネスの心配はあながち間違《まちが》ってはいなかったらしい。

——ダスティネス邸《てい》。

アクセルの街において最も大きなその邸宅は、厳戒《げんかい》態勢がとられていた。

普段《ふだん》は少ない使用人も、見栄《みば》えのためか今日はその数を増やしている。

それもその筈《はず》。

既《すで》にこの国の第一王女アイリスが、先日からこの屋敷《やしき》に泊《と》まっているからだ。

そんなダスティネス邸の玄関《げんかん》にて。

俺達の前では、純白のドレスに身を包んだダクネスが、長い金髪《きんぱつ》を鎖骨《さこつ》の辺りで綺麗《きれい》に三つ編みにし、それを右肩《みぎかた》から前に垂らしている。

真っ白で清楚《せいそ》なドレスだというのに、元々の体付きのせいか何だかえらくエロい。

「サトウカズマ様、並びに皆様方。当屋敷にご足労いただき感謝いたします。本日はわたくし、ダスティネス・フォード・ララティーナがホステスを務めさせて頂きます。どうかご自分の家だと思い、ごゆるりとおくつろぎくださいませ」

完全に貴族の令嬢《れいじょう》にしか見えないダクネスが、後ろに数人の使用人を引き連れて俺達に深々と頭を下げると、そんなかしこまった挨拶《あいさつ》をしてきた。

完璧《かんぺき》な作法で丁重なもてなしを受けた俺達も、ここは何か挨拶をするべきか。

「ほ、本日はごまねき……」

いきなり噛《か》んだ。

俺が噛んだ事で、それまで柔《やわ》らかな微笑《びしょう》を湛《たた》えていたダクネスが、顔を赤くしてバッと顔を俯《うつむ》かせる。

肩《かた》を震《ふる》わせているところを見るに、笑いを堪《こら》えているらしい。

こ、この野郎《やろう》……！

くそ、慣れない事はするものじゃない。

「おいダクネス、笑ってないで案内してくれ。この服、窮屈《きゅうくつ》で辛《つら》いんだよ」

そんな俺は貸し衣装《いしょう》屋で借りた黒スーツ。

蝶《ちょう》ネクタイのタキシード的な物は、着用したところをアクアとめぐみんに思い切り笑われ、一生着ないと心に決めた。

アクアとめぐみんは、結局ドレスの仕立てが間に合わず、ダクネスのドレスを借りるらしい。

「それでは皆様方、どうぞこちらへ」

ダクネスは未《いま》だに肩を震わせながら、俺達を屋敷へと招き入れた。

「――少々こちらでお待ちください。只今《ただいま》、お嬢様《じょうさま》がドレスを見繕《みつくろ》っておりますので」

使用人に通されたのは応接間。

そこのソファーに座らされ、部屋に案内してくれた使用人は、お茶を淹《い》れてくれた後は、ごゆっくりと言い残して部屋を後にした。

やがてほどなくして、別の使用人を連れたダクネスがドレスを持って入ってくると、俺達に一礼し、隣《となり》の控《ひか》え室の前に立つ。

そしてアクアとめぐみんに、こいこいと手招きした。

ダクネスの後に続き、アクアとめぐみんが隣の部屋へと入っていくと、やがて……。

「ねえダクネス、腰《こし》の辺りがブカブカなんですけど。もっと腰回りが細いのがいいんですけど」

「そ、それが一番腰回りが小さいサイズなんだ……。仕方ないだろう、クルセイダーは筋肉がないと……！　めぐみん、どうした？」

「……何というか、ストンと落ちます。胸も腰も大きすぎます。もう少し小さいのは……」

隣から、そんな三人の会話が聞こえてきた。

「その、ない事はないのだが……。一応そのドレスは私の子供の頃の……、痛たたた！　めぐみん、三つ編みを引っ張らないでくれ！」

続いて、中から使用人とのやりとりが聞こえ、手早くドレスの手直しをしたのか……。

やがて、疲《つか》れた表情のダクネスが二人を連れて部屋から出てきた。

「……ほう」

俺が思わず声を出すと、めぐみんがそれを聞いて恥《は》ずかしそうに少し俯く。

肩口《かたぐち》がむき出しになっているせいで白い肌《はだ》が大きく露出《ろしゅつ》し、それと相反する黒いドレスのおかげで、ロリっぽい普段と異なり、なんだかえらく艶《なま》めかしく見える。

ついで、白いドレスに身を包んだアクアが現れた。

「カズマ、見て見てー。どう？　馬子《まご》にも衣装ってヤツよ」

それは褒《ほ》め言葉じゃないのだが、まあ今のアクアには合っている言葉だと言えるのか。

普段の青を基調とした羽衣《はごろも》ではなく、純白のドレスに身を包んだアクアは、黙《だま》っていれば本当に女神《めがみ》だと崇《あが》められてもおかしくない美しさを誇っていた。

「ねえカズマ、これだけ美女揃《ぞろ》いなんだからちょっとぐらい褒め称《たた》えて崇めてみたって、罰《ばち》は当たらないわよ？」

本当に黙っていればいいのに。

「はいはい綺麗綺麗《きれい》。そんな事よりお姫様だ。昨日からここの屋敷に泊まってるんだろ？」

俺は期待もあらわに尋《たず》ねると、ダクネスが心底不安気な表情を浮《う》かべ。

「……本当に、無礼を働くなよ？　お前はたまに、素《す》でとんでもない暴言を吐《は》く時があるからな。荒事商売である冒険者《ぼうけんしゃ》という事で多少は大目に見られるかもしれんが、言葉遣《ことばづか》い一つで本当に首が飛びかねんからな？」

そんなダクネスの言葉を聞きながら、俺の期待は弥《いや》が上にも高まっていく。

お姫様。

そう、お姫様である。

美人でたおやかで、花と蝶と小鳥とかを愛するようなお姫様。

いや、冒険話を好むというから案外お転婆《てんば》なのかもしれない。

やる事なす事ことごとく失敗していた俺達が、とうとう王族が会いに来るまでのパーティーになった。

これは多少調子に乗ってしまっても仕方ないのではなかろうか。

「おい、お前らに言っておく。屋敷は惜《お》しい。長く住んで愛着も湧《わ》いてきたあの屋敷は惜しいが……。もしお姫様が俺を親衛隊か何かに是非《ぜひ》という話が出たら、俺は引越《ひっこ》しも考えてしまうかもしれない。その辺は覚悟《かくご》しておいてくれ」

「お前の頭の中ではどこまで話が進んでいるのだ。ただの会食だと言っているだろうが」

ダクネスを先頭に、俺達はパーティー会場に向かう。

やがて案内されたのは、晩餐《ばんさん》会用の大きな部屋。

ダクネスは、あらためて俺達を振《ふ》り返ると。

「よし、いいなお前達。相手は一国の姫君《ひめぎみ》だ。……カズマ、お前は何だかんだいって常識は一応あるし、あまり心配はしていない。だが、この私がメイド服姿で奉仕《ほうし》までしたのだ。これで何かやらかしたならタダでは済まさんぞ。アクア、お前は過度な芸は止《や》めて欲しい。特に、危険が及《およ》ぶようなものは禁止だ。そしてめぐみんに関しては……。今から、身体検査をさせてもらうっ！」

「ええっ!?　まままま、待ってくださいダクネス、なぜ私だけ!?　身体検査も何も、先ほど同じ部屋で一緒《いっしょ》に着替《きが》えを……！　ああっ、待ってください、カズマが見てます！　ほら、ここぞとばかりにカズマがガン見してますって！」

俺は、目の前で揉《も》み合いを始めた二人を見ながら、アクアに尋ねた。

「お前は一体どんな芸をやらかすつもりだ？」

「やらかすって何よ、失礼ね。せっかく王族と会えるんだから、お姫様にだけ見せるってのもつまらないわ。即興《そっきょう》で似顔絵を……。それも、砂絵で仕上げてみようと思うの。それをお土産《みやげ》にあげようかと思ってね？」

「ほう。お前ほんと色々できるなあ……」

そんな事を話す俺達の前では。

「ほらみたことか！　めぐみん、何だこれは！　このモンスター除《よ》けの煙玉と、開けると爆発《ばくはつ》するポーション！　これは何に使うつもりだ！　不自然に胸元《むなもと》が大きいから気になっていたのだ！」

「やりますねダクネス、しかし私には第二第三の派手な演出手段が……！」

未だじゃれ合う二人を見ながら、ドレスの着付けの時からずっと付いて来ていた使用人が、深くため息を吐《つ》きながら。

「……とばっちりで私達にまで被害《ひがい》が及ばないかしら……」

同感ですよ。

6

「……では行くぞ。いいか、アイリス様の相手は主に私がするから、お前達は飯でも食いながら頷《うなず》いてくれていればいい。私がその都度説明する」

言いながら、ダクネスが先頭に立ち扉《とびら》を開けた。

そこは広く、そして派手過ぎないながらも高級感が醸《かも》しだされている晩餐会用の広間。

中は燭台《しょくだい》に火が灯《とも》され、かなりの明るさを保っていた。

そして数名の使用人が、テーブルを遠巻きに囲み無言で待機している。

真っ赤な絨毯《じゅうたん》が敷《し》かれたその部屋には、大きなテーブルの上に色とりどりの豪勢《ごうせい》なご馳走《ちそう》が並べられ、テーブルの奥には、ダクネスやアクアと同じ、純白のドレスを着た少女が座っていた。

その少女の両隣《りょうどなり》には二人の年若い女性が立つ。

一人は黒いドレスを身に纏《まと》った、一切《いっさい》の武器を持たない地味目な女性。

その手に輝《かがや》くファッションを無視したゴテゴテした指輪の数々で、恐《おそ》らくは魔法使《まほうつか》いなのだろうと予想される。

そしてもう一人は、ドレスではなく白いスーツを着用し、腰に剣《けん》を帯びた短髪《たんぱつ》の美人だった。

お付きが女性なのは、年頃《としごろ》のお姫様《ひめさま》の護衛が男の騎士《きし》では色々不味《まず》いからだろう。

そんな三人の傍《そば》に、俺達を連れたダクネスがゆっくりと歩いて行き。

「お待たせいたしましたアイリス様。こちらが我が友人であり冒険仲間でもあります、サトウカズマとその一行です。さあ、三人とも。こちらのお方がこの国の第一王女、アイリス様です。失礼のないご挨拶《あいさつ》を」

そう言って俺達に、真ん中の少女を手で指した。

それは、まさしくお姫様とはこういうものだといわんばかりの少女だった。

金髪《きんぱつ》のセミロングに澄《す》んだ碧眼《へきがん》。

気品の感じられる、どことなく儚《はかな》げな印象を与《あた》える正統派美少女がそこにいた。

なんてこった、このファンタジー世界で期待が裏切られなかった稀有《けう》な例だ。

付け耳エルフにヒゲ無しドワーフ、猫耳《ねこみみ》オークにがっかりリッチー。

そんな連中を目にしてきた俺は、奇抜《きばつ》なお姫様が出てくるかもと警戒《けいかい》していたのだが。

感動のあまり脳が止まっている俺の隣で、アクアがドレスの端《はし》を軽く摘《つま》み、完璧な作法と仕草で一礼した。

その姿に、俺はおろかダクネスまでもがギョッとしていると、

「アークプリーストを務めております、アクアと申します。どうかお見知り置きを。……では、挨拶代わりの一芸披露《ひろう》を……」

言いながら、アクアが何かを始めようとしてダクネスにその手を掴《つか》まれる。

「ちょ、ちょっと失礼アイリス様。仲間に話がありますので……」

そんな事を言い手を摑んでいるダクネスの三つ編み部分を、アクアが軽く引っ張って抵《てい》抗《こう》していると。

アクアに気を取られているダクネスの隙《すき》を突《つ》き、めぐみんがスカートの中に手を入れた。

そして素早《すばや》く取り出したのは黒マント。

自らの太ももに巻きつけて隠《かく》し、ダクネスの身体検査から逃《のが》れていたらしい。

それをバッと広げて肩《かた》に掛《か》け、派手な自己紹介《しょうかい》をしようとマントを翻《ひるがえ》そうとしたところで、その手をダクネスに摑まれる。

それぞれの手でアクアとめぐみんを捕《つか》まえているダクネスは、アクアに三つ編みをワキと揉まれながら、今にも泣き出しそうな顔で必死に笑顔《えがお》を取り繕《つくろ》おうとしていた。

アクアはダクネスの三つ編みの手触《てざわ》りが気に入ったのか、それを揉む手を止めようとしない。

……と、俺の目の前の王女様が、お付きの白スーツの女性に俺を見ながら耳打ちした。

恥ずかしがり屋さんなのだろうか。

「下賤《げせん》の者、王族をあまりその様な目で不躾《ぶしつけ》に見るものではありません。本来ならば身分の違《ちが》いから同じテーブルで食事をする事も、直接姿を見る事も叶《かな》わないのです。頭を低く下げ、目線を合わさずに。それよりも、早く挨拶と冒険譚《たん》を。……こう仰《おお》せだ」

白スーツのその言葉に、俺は動きが止まった。

そして、しばらくして理解する。

日本でも侍《さむらい》とかがいた時代には、殿様《とのさま》と家臣は身分の違いから、同じ席で食事をしなかったり、食事時間をずらしたりしていたとか。

一々白スーツが通訳みたいな事をしているのも、直接下々の人間と会話するのを避《さ》けているのだろう。

ダクネスや親父《おやじ》さんで貴族に少し親しみを持っていたが、本来の貴族や王族ってのはこういうものなのだ。

なるほど、把握《はあく》。……俺は一言。

「チェンジ」

「アイリス様、少々お待ちくださいませ！　仲間達が緊張《きんちょう》の余り興奮しております、ちょっと話をしてまいりますので……っ！」

俺は、ダクネスに腕《うで》を摑まれて広間の隅《すみ》へと引っ張っていかれた。

「貴様というヤツは、貴様というヤツは！　チェンジとはどういう事だっ！　何のために私が恥ずかしい目に遭《あ》いながらもご奉仕したと思っている！　これでは話が違うではないかっ！」

首を絞《し》めようとするダクネスに対し、俺は三つ編みを引っ張って抵抗する。

「お前、どういう事だも話が違うもこっちのセリフだ！　お姫様とか期待させやがって、なんだありゃ!?　もうちょっとこう……。『わたくし外の世界に憧《あこが》れておりますの！　勇《ゆう》敢《かん》な冒険者様、是非ともあなた様の冒険譚を聞かせてくださいまし！』みたいなのを期待してたのに、あれで何が会食したいだ、人をバカにしてんのか！」

「こっ、こらっ止めっ……！　んあっ、きょ、今日はどうして皆《みな》、私の髪《かみ》を引っ張るんだ……！　んっ……、こ、こんな場所ではダメだ、こういう事は二人きりの時に……！」

バカな事を口走りながら頬《ほお》を染めるダクネスに、俺は王女様の方を指差した。

「というか、早速《さっそく》何か始めてるがアレは放《ほう》っておいていいのかよ？」

俺の指す先では、アクアが一枚の紙の上に指でなぞる様にノリを付け、上から砂を振っている。

そしてあっという間に完成したのは、とてつもなく凄《すさ》まじい精度で作られた砂絵。

遠目からでは、白黒の写真か何かと勘違《かんちが》いしそうなレベルの出来で……。

「王女様にお近付きの印として、まずはこれを。口の端《はし》にだらしなく付いてるソースまで、きっちり再現された一品で……」

アクアの余計な一言に慌《あわ》てて口元を拭《ぬぐ》う王女様。

「アイリス様、今この無礼者どもを叩《たた》き出しますので少々お待ちをっ!!」

ダクネスが鋭《するど》く叫《さけ》び、ドレスの裾《すそ》を両手で鷲掴《わしづか》みにして駆《か》け出した。

それを聞いた王女様が、隣《となり》の白スーツに耳打ちする。

「寡黙《かもく》で冷静なラランティーナが、その様に慌てる珍《めずら》しい姿を見られたので良しとします。冒険者《ぼうけん》は多少なりとも無礼なもの。それより早く冒険譚を、と仰せだ」

白スーツが通訳する中、懐《ふところ》に隠して必死に砂絵を守るアクアから、その砂絵を何とか取り上げようとしているダクネスを見て、王女様が少し楽しそうに微笑《ほほえ》んだ。

ダクネスは、そんな王女様に深々と一礼し、

「申し訳ありませんアイリス様！　何といいますかこの三人は、冒険者の中でも特に問題ばかり起こす連中でして……！」

必死にそんな事を言い募《つの》る中、アクアが、あげると言って王女様に砂絵を渡《わた》す。

それを見た王女様が、驚《おどろ》きの表情を浮《う》かべ白スーツに耳打ちを。

「この短時間でこれほどに見事な砂絵を……！　素晴《すば》らしい、素晴らしいわ！　褒美《ほうび》を取らせます！　と、仰せだ」

白スーツが、言いながらポケットから何かを出してアクアに渡す。

それは小さな宝石だった。

目利《めき》きは素人《しろうと》の俺ですら、その宝石がかなり価値のある物だと分かる。

それを貰《もら》ったアクアが、綺麗《きれい》な宝石を親指と人差し指で摘み、光にかざして嬉《うれ》しそうにしげしげと眺《なが》める中。

恥《は》ずかしそうに俯《うつむ》いたダクネスが、頬を赤らめながら王女様の右隣《みぎどなり》の席へと着いた。

そのダクネスの更《さら》に隣に、めぐみんとアクアが並んで座る。

俺は王女様に手招きされ、左隣《ひだりどなり》に座る様指示された。

大人しく隣に座る俺をチラチラ見ながら、王女様は白スーツに耳打ちする。

「あなたが、魔剣《まけん》の勇者ミツルギの話していた人ね？　さあ聞かせて、あなたの話を、と仰せだ。……私も聞きたいものです、あのミツルギ殿《どの》が一目置くというあなたの話を」

ミツルギは、国の上の方じゃ結構有名なヤツなのか。

ていうかアイツ、俺の事を何て言ったんだろうか。

白スーツと王女様の期待に満ちた視線を受け、俺は過去の思い出話を語り出した……。

7

「そこで俺は、機転を利かせて罠《わな》を張った訳です。あえて封印《ふういん》を解き、その中にシルビアを閉じ込めるためにね！　そうして、紅魔族が態勢を整える時間稼《かせ》ぎをしたのですよ！」

「凄《すご》いわ！　これまでにも色々な冒険者の話を聞きましたけれども、あなたの様な戦い方をする人を初めて知りました！　そして、こんなにもハラハラ・ドキドキするお話を聞いたのは！　他《ほか》の冒険者の話ですと、やれこの様にして華麗《かれい》にモンスターを全滅《ぜんめつ》させただとか、やれあそこの山のドラゴンを剣一本で退治しただとか……。今までの方のお話は確かに凄いのですが、絶対に負けない勇者が一方的にモンスターを退治するお話ばかりでしたので……！」と、仰せだ」

俺の冒険譚を、王女様は子供の様に目を輝かせて聞いていた。

身分の高い人が俺の話を期待しながら聞いている。

そんな状況《じょうきょう》に、俺も多少なりとも気が大きくなるのは仕方がない。

「……ねえ、あの男あんな事言ってるわよ」

テーブルの斜《なな》め向かいから聞こえるアクアのヒソヒソ声。

俺はそんな声は気にせず話を続けた。

「それはですね王女様、他の冒険者達は自分の身の丈《たけ》にあった相手を退治に行くからですよ。それが悪い事とは言いませんが、この俺の様に、常に格上の相手と戦い、日々上を目指そうとする人間との違いってヤツですね」

「素晴らしいわ！　あなたは日々上を目指しているとの事ですが、日頃《ひごろ》どのような生活を……？」と、仰せだ。……私も気になります、あなたの様な方の日々の暮らしが……」

感心している王女様と白スーツに。

「そうですね……。日頃は、昼間はあえて屋敷《やしき》に閉じこもり英気を養い、夕方暗くなる頃に外に出ます。そして、人知れずこっそりと街の中を巡回《じゅんかい》し、治安維持《いじ》のお手伝いをさせて頂いております」

俺は豪勢《ごうせい》な料理にはあまり手は付けず、飲み物だけを口に運びながら説明していた。

テーブルの向かいから、アクアに続きめぐみんの小さな囁《ささや》きが聞こえてくる。

「アクア、あの男、夕方までゴロゴロして夜になるとフラフラ遊びに出歩く自堕落《じだらく》な生活を、治安維持活動とか抜《ぬ》かしましたよ」

「シッ、もうちょっと様子を見るの。きっとあの男の事だからもっと調子に乗るわ。そしてきっと墓穴《ぼけつ》を掘《ほ》るわよ、見てなさい？」

アクアのそんな囁きが聞こえてくるが、俺はそんなマヌケではない。

王女様の表情と反応を見ながら言葉を選んで会話している。

ダクネスの方を見ると、なんだか恥ずかしそうに俯いて、隣の席のめぐみんに三つ編みを揉《も》まれていた。

どうも、めぐみんもダクネスの三つ編みの感触《かんしょく》が気に入ったらしい。

ダクネスは、自分の髪をいじらせておけばその間は大人しくしてくれると気付き、めぐみんにされるがままになっていた。

俺の話を聞いていた王女様が、満足気にため息を吐《つ》き、白スーツに耳打ちした。

「あなたはとても変わった冒険者ですね。今まで見てきた方々とは何かが違う気がします。冒険者になる前は、どんな仕事をなさっていたのですか？　と、仰せだ」

前の仕事、か……。

俺は日本での暮らしを懐《なつ》かしくも振《ふ》り返りながら。

「この国に来る前は、家族の帰る場所を守る仕事をしてました。日々黙々《もくもく》と腕を磨《みが》きながら、襲《おそ》い来る災厄《さいやく》から大切なその場所を守り、それでいて誰《だれ》にも理解も評価もされない悲しい仕事をしてましたね……」

そんな俺の言葉に。

「ふむ、それは首都のお城を守る城兵の様な仕事でしょうか？　……彼らも、日頃はあまり評価されないのですよ。彼らが評価をされないという事は、それだけ王都が無事な証《しょう》拠《こ》なのですが……。あなたも人知れず、故郷を色々な災厄から守ってきたのでしょうね」

その白スーツの言葉に、俺は深く頷《うなず》いた。

「三ヶ月で良いから契約《けいやく》をと迫《せま》る相手をやり過ごしたり、財産を狙《ねら》ってくる相手を撃退《げきたい》したりと、まあ色々ありましたね」

そう、新聞の勧誘《かんゆう》員と某局の電波受信料の徴収《ちょうしゅう》員である。

そんな俺の言葉を聞き、驚いた白スーツが王女様にボソボソと囁いていた。

「契約を迫る……きっと悪魔《あくま》を撃退……。財産を……きっと野盗《やとう》などから……」

断片《だんぺん》的にそんな事が聞こえてくる中、アクアが何か言いたそうにこっちを見ている。

その視線からフイッと顔を逸《そ》らすも、尚《なお》も俺を見ている様だ。

止《や》めろ、俺は嘘《うそ》は言っていない。こっち見んな。

8

それは、皆がほどよく食し、歓談《かんだん》も一通り終わった頃。

調子に乗ってペラペラ喋《しゃべ》っていた俺に、白スーツが突然《とつぜん》言ってきた。

「まさか、あの魔剣の勇者、ミツルギ殿に勝った事があるとは……。無礼だとは思いますが、カズマ殿の冒険者カードを拝見させてはもらえないでしょうか。カズマ殿のスキル振《ぶ》りを、後学のため参考にさせて頂ければ……」

そんな、とんでもない事を。

俺の持つ、クセのある冒険者カードを見せられる訳がない。

どこでリッチースキルなんて覚えたんだと聞かれれば本気でマズイ。

そんな俺の焦《あせ》りを察しためぐみんが、

「ええと、我々冒険者にとって手の内をあまり明かすというのは、流石《さすが》に王女様のお付きの方でもちょっと……。ああ、それよりも！　アクア、宴《えん》もたけなわになった事ですし、そろそろとっておきの必殺芸の披露《ひろう》でも……！」

なんとか話を逸らそうと、そんな援護《えんご》射撃《しゃげき》をしてくれる。

もちろんアクアも……！

「……？　今日は良い感じの砂絵が描《か》けたからもういいわ。なーにめぐみん、そんなに私の芸が見たかったの？　しょうがないわね、また明日《あした》、気分が乗ったらすんごいのを見せてあげるわ。ねえ、このお酒もっと持ってきてー、持ってきてー」

今日もアクアの空気の読めなさは絶好調だ、使用人に酒のお代わりを催促《さいそく》している。

白スーツが、怪訝《けげん》そうに首を傾《かし》げた。

「我々は同業の冒険者ではなく、王国の貴族です。不用意にカズマ殿の情報は漏《も》らしませんよ？ カズマ殿のスキルを参考にする事で、国の兵士達の戦力強化に繋《つな》がるのです。魔《ま》王打倒《おうだとう》は人類の悲願。王国の戦力強化に協力して頂けませんか？ それとも、何か見せられない理由でもあるのですか？」

見せられない理由があるんです。

と、その時。

「その男は、最弱職と呼ばれるクラス、冒険者なのです。その事を知られるのが恥ずかしかったのでしょう。どうかこの私に免《めん》じてカードを見るのは許してやっては頂けないでしょうか？」

ダクネスが、言いながら白スーツに微笑《びしょう》を浮かべる。

「そ、そうなんですよ、実は先ほどの話では省きましたが、俺は最弱職に就《つ》いてまして。いやお恥ずかしい、バレちゃいました」

俺がそう言って頭を掻《か》くと、白スーツが呆《あき》れたように態度を変えた。

「なんと、最弱職……。あなたは本当に先ほど言った様な活躍《かつやく》をなされたのですか？ あなたはミツルギ殿との勝負にも勝った事があるとおっしゃっていましたが、それは本当なのですか？　それが本当ならば、あなたはミツルギ殿にどうやって勝ったのかを教えて頂けませんか？」

口調は丁寧《ていねい》だが、その内容はあきらかに俺の事を疑っている。

ミツルギには、不意討《ふいう》ちを仕掛《しか》けた上にスティールで魔剣奪《うば》って勝ちましたとか、そんな格好悪い事言える訳がない。

……と、王女様が白スーツの服の裾《すそ》をクイクイと引く。

そして、俺を見ながら白スーツの耳元でボソボソと……。

それを聞き、白スーツが若干戸惑《じゃっかんとまど》った様に一瞬《いっしゅん》口ごもった後。

「……そ、その……。イケメンのミツルギ殿が最弱職の者に負けるだなんて信じられない。王族である私《わたくし》に嘘を吐いているのではないのですか？　魔剣使いのソードマスターの名は首都においては知れ渡《わた》っております。そんな彼が、駆《か》け出しの街の最弱職に負けるとはとても信じられません、彼はイケメンですし。……と、仰《おお》せだ。……私もそう思います、彼はイケメンですし」

「おいお前ら流石の俺でも引っ叩《ぱた》くぞ」

イケメンイケメンうるさい白スーツに、イケメンとはいえない俺は思わずツッコむ。

そう、相手が王族である事も忘れて、いつもの調子で。

それを聞き、突如《とつじょ》白スーツが激昂《げっこう》した。

「無礼者！　貴様、王族に向かってお前ら呼ばわりとは何事だ！」

そう叫《さけ》ぶと同時、腰《こし》に携《たずさ》えた剣《けん》を抜刀《ばっとう》する。

うおっ、やっべえ！

「申し訳ない、私の仲間が無礼な事を……！　何分、礼儀《れいぎ》作法も知らない男なので、私に免じ、どうかご容赦《ようしゃ》を……！　この男が華々《はなばな》しい戦果を挙げているのは事実ですし、会食を求めたアイリス様が、それを罰《ばっ》してしまいますと外聞というものも……！」

ダクネスが、俺の代わりに頭を下げた。

それを見て王女様が、白スーツに耳打ちする。

「……アイリス様はこう仰せだ。今までこの国に対して多大な功績のある、ダスティネスの名に免じて不問とする。ですが気分を害しました。冒険譚《ぼうけんたん》の褒美《ほうび》はちゃんと取らせます。そこの最弱職の嘘吐き男は、それを持って立ち去るがいい、と」

おっと、キツイ物言いですね！

しかしダクネスのおかげで助かった。

でも、ツッコんでくださいといわんばかりのあんな言い方をしておいて、ツッコんだら怒《おこ》られるとは理不尽《りふじん》だ。

俺は、とっととその場を後にしようと……。

「いたたっ⁉　こらっ、めぐみん何を……！」

それは、突然上がったダクネスの悲鳴。

どうやらめぐみんが、今まで揉んでいたダクネスの三つ編みを怒《いか》りに任せて引っ張ったらしい。

その事に気付いたダクネスは元より、俺も思わず青くなる。

俺達のパーティーの中で、多分一番仲間を大事にするめぐみんが。

紅魔の里でシルビアから逃《に》げる際に、たとえ逃げたとしても、今後も俺達に被害《ひがい》が及《およ》ぶと聞いた時、魔王《まおう》の幹部相手に真正面から喧嘩《けんか》を売っためぐみんが。

売られた喧嘩は必ず買うのが掟《おきて》だと言い張る、俺達の中で一番短気で我慢《がまん》をしらないめぐみんが、この状況《じょうきょう》で何かやらかさない訳が……！

「…………」

めぐみんは、そのままダクネスの三つ編みを数度ニギニギとした後。

それで気が紛《まぎ》れたとでもいうかの様に、三つ編みから手を放し、料理を食べる作業に戻《もど》った。

おい、もう一度言ってみろだの何だのと、俺以上の暴言を吐《は》くかとヒヤヒヤしたのだが拍子抜《ひょうしぬ》けだ。

王女様と白スーツが呆気《あっけ》に取られている中、ダクネスが、不思議そうにめぐみんに尋《たず》ねる。

「……めぐみん、今日はやけに大人しいな。てっきり爆裂《ばくれつ》だなんだと騒《さわ》ぎだすかと……」

めぐみんは、黙々と料理を口に運びながら、それを咀嚼《そしゃく》し、飲み込んだ後。

やがて小さな声で、静かに言った。

「私一人だったならもちろん我慢なんてしませんが、ここで私が暴れたら、ダクネスが困るじゃないですか」

そのまま黙々と食事を続けるめぐみんを、しばし見つめ。

それを聞いたダクネスは、ちょっとだけ黙《だま》り込むと……。

その場でスッと立ち上がり、王女様に頭を下げた。

「申し訳ありませんアイリス様。……先ほどの、嘘吐き男という言葉を取り消しては頂けませんか？　この男は大げさに言ったものの、嘘は申しておりません。それに、最弱職ではありますが、いざという時には誰よりも頼《たよ》りになる男です。お願いしますアイリス様。どうか先ほどの言葉を訂正《ていせい》し、彼に謝罪をしては頂けませんか？」

ダクネスの言葉に白スーツがいきり立つ。

「何を言われるダスティネス卿《きょう》、アイリス様に、一庶民《しょみん》に謝罪せよなどと……！」

そんな中、王女様がスッと立ち上がり、自分の口でハッキリ言った。

俺達にも聞こえる様に。

「……謝りません。嘘ではないと言うのなら、そこの男にどうやってミツルギ様に勝ったのかを説明させなさい。それができないと言うのなら、その男は弱くて口だけの嘘ッ!?」

その王女様の言葉が、途中《とちゅう》で遮《さえぎ》られる形となった。

ダクネスに、無言で頰《ほお》を引っ叩かれて。

「何をするかダスティネス卿っ！」

激昂した白スーツが、頰を張られて呆然《ぼうぜん》とする王女様の前に立ち、怒りに任せてダクネスへと斬《き》りかかる。

「あっ！　ダッ、ダメ……！」

それは、切羽詰《せっぱつ》まった様な王女様の声。

その静止の声も届かずに、白スーツの剣がダクネスへと振《ふ》り下ろされ……！

「!?」

ガツッという鈍《にぶ》い音と共に、その剣がダクネスのかざした白い腕《うで》にめり込んだ。

赤い鮮血《せんけつ》が散り、王女様とダクネス、そして白スーツの、それぞれが着ている物が血に染まる。

白スーツは動かない。

というか、動けない。

恐《おそ》らくは腕を斬り落とすつもりで振るったのだろう。

だがその一撃《いちげき》は、ダクネスの腕の皮膚《ひふ》と筋肉を多少切り裂《さ》いただけで止まっていた。

驚愕《きょうがく》の表情で動けない白スーツに目もくれず、ダクネスは無言で王女様へと向き直る。

ウチの自慢《じまん》のクルセイダーは硬《かた》いのだ。

おそらくは、この国で一番硬いのだ。

「アイリス様、失礼しました。ですが精一杯《せいいっぱい》戦い、あれだけの功績を残した者に対しての物言いではありません。彼には、どうやって魔剣使いに勝ったかを説明する責任もありません。そして、それができなかったとしても、彼が罵倒《ばとう》されるいわれもありません」

腕から血を流したまま、張った王女様の頬を申し訳なさそうに撫《な》で、まるで子供に優《やさ》しく諭《さと》すように、ダクネスが静かな声で言った。

そんなダクネスを呆然と見上げる王女様。

俺は、未《いま》だ青い顔で驚《おどろ》きの表情を浮《う》かべている白スーツに。

「……よし分かった。ここまで仲間が庇《かば》ってくれて、教えない訳にもいかないだろ。……見せてやるよ、俺がどうやってミツルギに勝ったのかを。あんまり格好良くもないんだけどな？」

俺は立ち上がりながらそう告げた。

白スーツは俺の言葉に目を見開くと、剣を手元に引き寄せ構えを取る。

「もういい、もういいから！　クレア、私はもういいから！」

それは悲痛な王女様の声。

今の王女様からは、先ほどまでの高圧的な感じが無くなっていた。

どうしたのだろうこの豹変《ひょうへん》ぶりは。

根は悪い娘《むすめ》ではないのだろうか？

「……お前が良いのなら、私には何も言う事はない。やってやれカズマ。まさか、後《おく》れを取ったりはしないだろう？」

傷口を片手で押さえながら、そんな挑発《ちょうはつ》的な事を言って笑いかけるダクネスに。

俺は白スーツに片手を突《つ》き出し、

「当たり前だろ、俺が渡り合ってきた相手を考えろ！　魔剣使いに魔王の幹部、果ては大物賞金首まで！　日頃《ひごろ》そんな連中とやり合ってんだ！　これでも食《く》らえ、まずは『スティール』ッッ！」

未だ俺の出方を窺《うかが》っている白スーツに向かって叫ぶ！

このまま剣をぶん盗《ど》って、そして一気に……！

……行く事はなく。

俺は、白スーツに小さな声で謝った。

「ごめん。これ……、返します……」

「……？　えっ、あっ……！　きゃあああああっ!?」

剣を手放して慌《あわ》てて下腹部を探《さぐ》る白スーツのお姉さんに、俺は握《にぎ》りしめた白い下着をおずおずと差し出した。

「お前ってヤツは、お前ってヤツはっ！　どうして格好良く決める事ができないのだっ！」

9

「その……。こんな事になってしまい申し訳ありません……」

俺達に謝る白スーツ。

その隣《となり》では王女様が隠《かく》れるように、白スーツの腕に顔を埋《うず》めていた。

そんな白スーツに、ダクネスが。

「お気になさらず。こちらにも非礼があった。傷はこうして跡形《あとかた》もなく癒《い》えた事だし、水に流すのが一番だと思います」

言いながら、ふっと優しく笑いかけた。

それを見て、白スーツが恥《は》ずかしそうに頬を染める。

王女様も白スーツも、もう俺がどうやって勝っただとかはどうでもよくなった様だ。

「……しかし、あの傷をあっという間に跡も残さず治してしまうとは……。いや、なんと凄腕《すごうで》のアークプリーストなのでしょうか」

白スーツはそう言って、テーブルに突っ伏《ぶ》しているアクアを見た。

さっきから大人しいと思っていたら、こいつは一人酔《よ》っぱらい、今まで寝《ね》ていた。

ダクネスの傷を治させるため一度叩《たた》き起こしたが、治すと同時にまた寝てしまった。

まあ、起きていてもこの空気を壊《こわ》しそうなので寝かしておこう。

白スーツは更《さら》に続ける。

「そしてダスティネス卿のあの硬さ。しかもそちらの方は紅《あか》い瞳《ひとみ》から察するに紅魔族……。このパーティー編成なら、魔王の幹部を撃退《げきたい》した事にも頷《うなず》けます。……まあ、カズマ殿《どの》に関しては……」

と、なぜか俺にだけ、不審《ふしん》な目を向けてくる白スーツ。

先ほどパンツを盗られた事を、未だ根に持っているらしい。

と、その隣でモジモジしていた王女様が、白スーツではなくもう一人。

今まで一言も話さず、身動きすらしなかったため、ずっと存在を忘れていた魔法使《まほうつか》いのお姉さんに耳打ちした。

「アイリス様。それは、ご自分のお口でおっしゃった方が良いですよ？　大丈夫《だいじょうぶ》です、先ほどから見ていましたが、カズマ殿はアイリス様の様な方には甘そうな方ですよ？」

おっと、何だか初対面でロリコンと言われている気がします。

王女様は、俺の前に俯《うつむ》きながら歩いてくると。

「……嘘吐《うそつ》きだなんて言ってごめんなさい。……また冒険《ぼうけん》話を聞かせてくれますか？」

恥ずかしそうにしながらも、王女様は上目遣《うわめづか》いに言ってきた。

「喜んで！」

「──さて。では我々は、これで城に帰ると致《いた》します。ダスティネス卿、そして皆様《みなさま》方。

大変ご迷惑《めいわく》をお掛《か》けしました」

魔法使いのお姉さんが、そんな事を言ってくる。

その隣では王女様が先ほどと打って変わり、ウキウキした年相応の笑《え》みを浮かべていた。

「こちらこそ、あまりお構いもできませんでしたが……。アイリス様。また城にでも参じた時にお話ししましょう。その時には、様々な冒険話を携《たずさ》えて参りますので」

ダクネスがそう言いながらニコリと笑うと、王女様もはにかんだ。

その二人の姿は、何だか面倒見《めんどうみ》の良いお姉さんとそれを慕《した》う妹の様だ。

二人を穏《おだ》やかに見守りながら、魔法使いのお姉さんがテレポートの詠唱《えいしょう》を開始する。

……さて。

「それでは。これまでのあなた方の多大な功績は、王国の記録に残され、後世にも伝えられる事でしょう。それらを評し、これを差し上げます」

言いながら、白スーツが賞状と何かの袋《ふくろ》を……。

俺ではなくてダクネスに手渡《てわた》した。

……いやまあ良いんだけどね！

「これはかたじけない事です。……では、アイリス様。どうかお体にお気をつけて……！」

ダクネスがそれらを手にして優しく微笑《ほほえ》み、めぐみんもその隣でバイバイと手を振った。

「それじゃあ、王女様。またいつの日か、俺の冒険話をお聞かせに参りますので」

そう言って、俺も王女様に手を振ろうとした、その時だった。

魔法使いのお姉さんがテレポートの詠唱を終える中、王女様は俺の腕を手に取ると。

「何を言っているの？」

王女様は不思議そうな表情を浮かべ。


「『テレポート』！」


そんな、魔法使いのお姉さんの声と共に、俺は王女様達と共に光に包まれ目を閉じる。

やがて目を開けると……。

大きな城を背にした王女様が、無邪気《むじゃき》に笑いかけていた。

王女様に腕を掴《つか》まれていた俺は、どうやら一緒《いっしょ》に城へと連れて来られたらしい。

「「アイリス様!?」」

白スーツと魔法使いのお姉さんが声を揃《そろ》えて驚く中。

「また私《わたくし》に、冒険話をしてくれるって言ったじゃない？」

王女様は、そんな事を言って笑いかけてきた。

さすが貴族の元締《もとじ》め王族だ、傍若無人《ぼうじゃくぶじん》っぷりがハンパないです。

第二章　この賢しい少女に再教育を！

1

辺りは完全に闇《やみ》に包まれ、そろそろ人々が眠《ねむ》りについてもおかしくない時間帯。

今は、そんな時間にも拘《かか》わらず。

「「「お帰りなさいませアイリス様！」」」

まるで到着《とうちゃく》を待ち構えていたかのように、多くの侍女《じじょ》が一斉《いっせい》に出迎《でむか》えた。

そこは、この国の首都の中心にある城の大広間。

俺は、一体どうしてこうなったと半分以上脳が止まった状態で、促《うなが》されるままに王女様の後を付いていく。

王女様と白スーツに案内されたのは、城の上部にある豪奢《ごうしゃ》な部屋。

そこへ案内してくれた白スーツは、報告があると言い残して何処《どこ》かへ行き、俺と王女様と魔法使いだけがその部屋に取り残された。

途中《とちゅう》通り過ぎた人達が、俺を見て咎《とが》めもせず、一礼して素通《すどお》りしていく。

自分で言うのも何だが、こんな胡散臭《うさんくさ》いのを城に野放しにしておいてもいいのだろうか。

どうしよう、凄《すご》く帰りたい。

ちょっと前まで、お姫様《ひめさま》に気に入られて専属騎士《きし》に命じられたらどうしようと浮《う》かれていたのに。

唐突《とうとつ》に拉致《らち》られ、未《いま》だパニックに陥《おちい》っている俺に、王女様が魔法使いのお姉さんに耳打ちした。

魔法使いはコクコク頷き、やがて俺に向かってにこやかに。

「サトウカズマ様、ようこそ当城へ。客人として招いたのですから、余計な礼儀《れいぎ》作法や気《き》遣《づか》いは無用です。どうか、ここを我が家だと思い寛《くつろ》いでください。この部屋が当面のあなたの部屋となります。……では、冒険話の続きを！　との事です」

「ちょっとすいません、すいません。お姉さん、すいません。魔法使いのお姉さん、ちょっとだけこっち来て貰《もら》っていいですか」

俺はその言葉を聞いて、部屋の隅《すみ》っこへと向かい、魔法使いにこっち来いとばかりにクイクイと手をやった。

「何でしょう？　……ああ、自分の事はレインで結構。自分に対しては敬語も不要です。一応は貴族の端《はし》くれですが、ダスティネス家とは比べるべくもない小さな家です。ダスティネス卿《きょう》のご友人となれば、むしろ貴方《あなた》様の方が自分より格上と言える立場ですので……」

魔法使いのお姉さん、レインがそんな事を言ってきた。

「なるほど。ではレインさん。ちょっと聞きたい事があるんですよ」

「自分に敬語は結構だと言いましたのに……。名前も呼び捨てでも。……なんでしょう？」

レインは少し残念そうにそんな事を言ってくるが、初対面の年上の貴族の女性を、いきなり呼び捨てに出来るほど太い神経はしていない。

というか、つい先ほどダクネスの家で白スーツに無礼者と怒《おこ》られたばかりだ。

相手がいいと言っても、現在は万が一の際に庇《かば》ってくれるダクネスもいないのだ、流石《さすが》に俺も腰《こし》が引ける。

俺は退屈《たいくつ》そうにしている王女様を少し気にしながら、小さな声で。

「ええっと、レインさん。……そろそろ状況《じょうきょう》を説明して欲しいんですが。……王女様は客人としてお招きだとか言い張ってますが。……これ、誘拐《ゆうかい》ですよね？」

「違《ちが》います。客人としてお招きしたのです。誘拐ではありません」

「いや誘拐だろこれ」

レインは俺のツッコミを無視すると、身を小さく屈《かが》めて囁《ささや》いてきた。

「……常に厳格な王族である事を強《し》いられ、普段《ふだん》から聞き分けも良く誰《だれ》の手も煩《わずら》わせないアイリス様が、生まれて初めてこの様な行いに出たのです。この城には、アイリス様と身分が釣《つ》り合い、しかも年が近い遊び相手がおりません。どうか、アイリス様の初めてのワガママに免《めん》じて、このまましばらく遊び相手を務めて頂くわけにはまいりませんか？」

…………えっと。

「いやいや、そんな事言われても。正直に言って俺の冒険話なんて先ほどで大体終わっちゃいましたよ。その辺を王女様に伝えて帰して頂けませんかね？　俺にはもう、王女様の気に入る冒険話はほとんどありませんからと」

俺の言葉に、レインは王女様の下《もと》へ行き、それらの事をボソボソと説明していた。

やがて……。

「あなたを連れて来てしまったのは、私を叩《たた》いたララティーナへの、軽い仕返しを兼《か》ねてのイタズラと……」

レインがそんな通訳を始めるのを、その隣《となり》でシュンとした様子の王女様が聞いている。

「……それと、あなた方とララティーナの様子がとても楽しそうで羨《うらや》ましかったもので…

…。突然《とつぜん》、こんなワガママを言ってごめんなさい。少しだけ。ほんの数日で良いので、私とも遊んでもらえませんか？　との事です」

……ちょっと可愛《かわい》いじゃないか。

つまりは、しばらく王女様の遊び相手になれって事か？

ここで断って、心証悪くしてダクネスの評判落とすのもなあ……。

「……分かりました。では、ダクネス……。ラティーナの話でもしましょうか。レインさん、仲間が心配するんで、しばらくこちらに泊《と》まるって事を説明して欲しいんですが」

俺の頼《たの》みに、レインが畏《かしこ》まりましたと言い残して部屋から立ち去った。

当然この豪奢な部屋には、俺と王女様の二人きりとなる。

一応ドアの外には王女様の護衛なのか、女性の騎士が二人ほど待機はしていた。

だが、年頃《としごろ》の王女様が夜に若い男と部屋に二人きりでいて大丈夫《だいじょうぶ》なのかとか、会ったばかりの不審《ふしん》者をいきなり泊めるとかどうよとか、そもそも王女様のワガママでこうなったとはいえ、王様とか偉《えら》い人に見つかっても、怒られたりしないのか等々、どんどん悪い考えが頭を巡《めぐ》る。

そんな俺の心配を見透《みす》かしたのだろうか、王女様が微笑みながら。

「お父様は、将軍やお兄様と共に魔王《まおう》軍との最前線となる街へ遠征《えんせい》に行っております。多少の事なら誰も咎める者もおりませんし……。こうして二人きりの時などであれば、普段ララティーナ……。いえ、彼女の事はダクネスと呼んでいるのですよね？　その、ダクネスに話しかける様な言葉遣《ことばづか》いで結構です。……教えてください、城の外の色々な事を」

部屋のベッドに腰掛《こしか》けながら言ってきた。

2

白スーツが、様々な報告やら手続きを終え帰ってきた。

「失礼します。……アイリス様、色々と手続きを済ませて参りました。これでカズマ殿《どの》は正式な客人となりましたので、気兼《きが》ねなくこの城に滞在《たいざい》していただければ……」

俺が王女様に語っていた話が、まさに一番盛り上がっていたところに。

「で、ダクネスは言ったんだ。『うう……ど、どうしてこんな事に……』そして全裸《ぜんら》のまま俺の後ろに回ったダクネスは、耳まで赤くなりながら、タオルを握《にぎ》り締《し》め恥《は》ずかしそうに……っ！」

「は、恥ずかしそうに……っ!? 恥ずかしそうに、どうしたのですか……っ!?」

「恥ずかしそうにどうした！ アイリス様に何を教え込んでいる、ぶった斬《ぎ》られたいのか貴様はあああああっ！」

白スーツが、俺の話に前のめりになって聞き入っていた、ベッドの上の王女様を庇う様に俺の前に立ち、剣《けん》を抜《ぬ》いて罵声《ばせい》を浴びせた。

「ま、待ってくれ！ 待ってください！ これはアイリスが是非《ぜひ》にと……！」

「貴様、只《ただ》の冒険《ぼうけん》者が恐《おそ》れ多くもアイリス様の名を呼び捨てにするとは……！ 王女様と呼べ！ それに、先ほどのアイリス様への口の利《き》き方は何だあああ！」

こいつ面倒《めんどう》くせえ！

「待ちなさいクレア、カズマ様には私が名前で呼んでいいと言ったのです。言葉遣いも自然なままで良いと言ったのです。そ、それよりもカズマ様、ララティーナは……！ ララティーナは、全裸のまま恥ずかしそうにタオルを握り締め、何をしたのですか!?」

「アイリス様、いけません！ その話は聞いてはいけない話です、カズマ殿、アイリス様にその手の話を吹《ふ》き込まないでください！ と、というか、庶民《しょみん》のあなたとダスティネス卿が、その……。い、一緒《いっしょ》に風呂《ふろ》に入っただのというのは……。う、嘘《うそ》ですよね？」

先ほどからベッドの上で、拳《こぶし》を握り締めて食い入るように俺の話を聞いていた王女様。

その王女様が早く早くと続きを催促《さいそく》してくる中、俺は部屋の椅子《いす》に腰掛けながら、王女様と同じく俺に食い付くように聞いてくる、クレアと呼ばれた白スーツに。

「何一つ嘘は言っていない。なんなら、ホレ。これだけ大きな城ならアレは無いのか？ 大きな街の警察署だのにある、尋問《じんもん》する時に使う、嘘をつくとチンチン鳴るやつ。あるならあの魔道具《まどうぐ》を持ってきてもいいぞ？」

俺のその言葉を聞いて、どうやら嘘を言っている訳ではないと納得《なっとく》したらしい。

「あなたが嘘は言っていないと信じましょう、先ほどもダスティネス卿の屋敷《やしき》であなたを疑ったばかりですし……。で、ですが、この手の話はアイリス様に話さないで頂きたい！」

クレアはとりあえず剣を納めると、そう言って俺をキッと睨《にら》んでくる。

「俺の話を聞くかどうかはアイリス様がお決めになる事でございます。アイリス様の付き人たるあなたに指図されるいわれはない筈《はず》。楽しくお話ししていたのにとんだ邪魔《じゃま》が入ってガッカリだ！ ほら出て行って！ 先ほどの続きを話すんだから出て行って！」

「話させるかたわけ！ それに私は付き人ではないぞ無礼者めが！ 私は、カズマ殿が懇《こん》意《い》にされているダスティネス家にすら並ぶ、シンフォニア家の長女クレア。アイリス様の護衛にして……」

何か自慢《じまん》話を始めたクレアをよそに、王女様に。

「では、この話はダメだと白スーツがいちゃもんつけるので、別のお話にしましょうか」

「し、白スーツとは何だ下賤《げせん》な無礼者、クレア様と呼べ！　ああもう、何なのだこの男は……。ダスティネス卿もきっと日頃《ひごろ》苦労しているに違いない……！」

一々食って掛《か》かってくるクレアを気にしたのか、王女様がちょっと残念そうな顔をして。

「仕方ないです……。残念ですが、先ほどの続きはまたの機会に」

そんな聞き分けの良い王女様の言葉に、クレアがホッとした様に息を吐《は》いた。

なるほど、普段ワガママを言わないというのは本当らしい。

「では、別のお話を。この俺がダクネスと勝負した際に、負けた方はすんごい目に遭《あ》わされるとの約束を交《か》わし、結果、俺が勝った時の話でも……」

「ぜぜ、ぜひとも！　ぜひともそれを！」

「い、いけません！　いけませんアイリス様、この男の話は聞いてはいけません！　この男、ダメな奴《やつ》です！」

3

時刻は深夜を回っただろうか。

先ほどまでは王女様と一緒に俺の話を聞いていたクレアは、怒ったり怒ったり、そして怒ったりと忙《いそが》しかったのだが。

やがて怒り疲《つか》れたのか、ウトウトしていたクレアは、今は王女様が腰掛けているベッドに倒《たお》れ込むようにして眠《ねむ》っていた。

王女様はといえば、そんなに俺の話が気に入ったのか眠そうな気配も見せないまま、未《いま》だ興味深そうに話を聞いている。

俺達はすっかり打ち解け、口調も砕《くだ》けたものになっていた。

そして、冒険話も仲間の話もとっくの昔にネタが尽《つ》き……。

「それで？　その、ガッコウという所の、ブンカサイをもっと詳《くわ》しくお願い！」

「詳しく……。まあ、アイリスと同年代ぐらいの子達だけで、色々な出し物とかをするんだよ。例えば喫茶店《きっさてん》みたいなお店だとか」

話は、俺の元いた国の話題になっていた。

異世界とは言わず、遠い国としか説明していないが。

過去の学校生活の様子を話すだけで、王女様は羨ましそうに、遠く見知らぬ俺の国に想《おも》いを馳《は》せる。

モンスターもおらず、王女様と同じくらいの年の子達が日々平和に勉強したり遊んだり。

そんな、俺にとっては実に退屈《たいくつ》だったあの毎日が、王女様にとっては……。

「なんて楽しそうで夢の様な所なの？　そんな、そんな……。ああ、でも私《わたくし》と同年代の方だけでお店を出すだなんて、お金を払《はら》わないと言いだす悪いお客が来たらどうするのかしら。それに、大勢でお店を切り盛りするのでしょう？　全員分の給料を賄《まかな》う利益は出るのかしら……」

それは、とても羨ましい暮らしに映ったらしい。

俺よりも大分年下の王女様を、微笑《ほほえ》ましく見ながら。

「お店を出して楽しむのが目的だからなあ……。それほど儲《もう》けようなんて思わないんだよ。言ってみれば、お店ごっこをして楽しむと言うか。お揃《そろ》いの制服を着て、お客さんを呼びこんでみたり。そういうのが楽しくてやるんだ」

そんな俺の言葉に、王女様が心底羨ましそうに、そして少しだけ寂《さび》しそうな顔をした。

それもその筈、この少女は王女様だ。

一般庶民《いっぱんしょみん》の友達なんていないし学校も行かない。

そもそもこの世界には、高い知性と独自の文化を持つ紅魔族の連中を除き、義務教育という物がない。

そう考えると、規模は小さいながらもちゃんと子供の頃《ころ》から学校に行かせるシステムを取っている紅魔族は、やはり知力が高い連中なのだろう。

……性格がマトモかどうかはともかくとして。

羨ましそうに、ガッコウ……と呟《つぶや》く王女様。

そんな王女様に、俺は何気なく言った。

「そんなに気に入ったなら、ここに学校を作っちゃえばいいんじゃないか？　作って損になる施設《しせつ》ではないと思うけど。絶対にこの国のためになるって」

その俺の言葉に、王女様が一瞬《いっしゅん》何かを言おうとして、そして止《や》めた。

……？

俺が不思議に思っていると、唐突《とうとつ》に夜の静寂《せいじゃく》にけたたましい鐘《かね》の音が鳴り響《ひび》いた。

その鐘の音に、寝《ね》ていたクレアが跳《は》ね起きる。

寝起きだというのにクレアは直《す》ぐに落ち着きを取り戻《もど》し、

「……なんだ、また来たのか」

そう呟くと、そのままベッドから降りて立ち上がり、部屋の外へ飛び出して行く。

また来たのかって何が？

俺がその疑問を口に出す前に、夜の街に大きな声が響き渡《わた》った。

それはアクセルの街でたまにあった、緊急《きんきゅう》クエストを知らせる時の様なアナウンス。

『魔王軍《まおうぐん》襲撃《しゅうげき》警報、魔王軍襲撃警報！　騎士《きし》団はすぐさま出撃《しゅつげき》。冒険者の皆様《みなさま》は、街の治安の維持《いじ》の為《ため》、街の中へのモンスター侵入《しんにゅう》を警戒《けいかい》してください。高レベルの冒険者の皆様は、ご協力をお願いします！』

そのアナウンスを聞いて、王女様がちょっとだけ寂しそうに儚《はかな》く笑う。

「こんな状況《じょうきょう》ですもの。とてものんびりと、学業だけに勤《いそ》しんでいるなんて出来ません」

そんな事を呟いた。

そして、この世界に来る前にアクアに言われた事を思い出す。

ああ、そういやこの世界は、魔王とやらのせいで色々ヤバいんだったなあ……。

4

『魔王軍による夜間奇襲《きしゅう》は鎮圧《ちんあつ》された模様です。ご協力頂いた冒険者の皆様には感謝致《いた》します。今回参戦された方々には臨時報酬《ほうしゅう》が出ますので、ご協力頂いた冒険者の方は冒険者ギルドの窓口へ……』

そのアナウンスは、剣を携《たずさ》えたクレアが飛び出して行き、それから一時間もしない内に流れてきた。

案外あっさりと済んだものだ。

しかし、ここはこの国の首都だと言ったが、そんな所が夜間襲撃を掛けられるとか、戦《せん》況《きょう》的に結構押されてんのか？

日本から来たチート持ち連中は何をやってるんだ、もっとしっかりして頂きたい。

何の力にもなれないお前が言うなと言われそうだが。

全く、こんな最前線に近い物騒《ぶっそう》な所とはとっととオサラバしたいものだ。

そんな俺の考えが、顔に出てしまっていたのだろうか。

「……楽しいお話をありがとう。日が昇《のぼ》ったら、レインに街まで送ってもらうと良いです。……ララティーナに、ごめんなさいと謝っておいてはくれませんか？　勝手にあなたを連れて来てしまって……。魔王軍との最前線ではないとはいえ、ここもたまにこうして襲撃がある、危険がないとは言えない場所ですから」

王女様が、俺を気遣《きづか》うようにそんな事を……。

……そうだな、俺が残ったところでこの街を守れる訳でもなければ、力になれる訳でもなし。

王女様には悪いが、この危険な地からはとっとと帰らせてもらおう。

「今夜は、私のワガママに付き合ってくれてありがとう、カズマ様。……またいつの日か、私に冒険話《ぼうけんばなし》をしてくれますか？」

王女様が、年相応の笑顔《えがお》でそんな事を言ってくる。

……可愛《かわい》いじゃないか。

この広い城の中で常に家臣達にかしずかれ、年の近い友達もいないこの女の子に、たまに冒険話をしにくるくらいは、まあ、別に……。

俺は正統派美少女の無邪気《むじゃき》な笑顔に、内心ちょっとだけドギマギしながら、それを悟《さと》られまいと笑い返した。

「もちろんだよ。正直、結構小心者だから早く帰りたいってのが本音だけど。……うん、アイリスのために色んな冒険話を溜《た》め込んでおいて、その内また来るさ」

そんな俺の言葉に、王女様は心底嬉《うれ》しそうにはにかむと。

「ふふっ、ありがとう。あなたは何だか、昔の頃のお兄様みたいです。私には実の兄がいますが、王族は兄妹《きょうだい》同士でも、ある程度の年月が経《た》つとよそよそしくなってしまうものなんです。実の兄とは、もうこんな風にお喋《しゃべ》りする事がないですから……。本当はまだ残って欲しいのですが、これ以上ワガママを言うと……」

「今、なんて？」

俺は王女様の何気なく言った言葉を聞き返す。

「……えっ？　あ、あの……。本当は、まだ残って欲しいですが、と……」

それに、王女様が恥《は》ずかしそうにしながら答えた。

だが違《ちが》う、そこじゃない。

「その前になんて言った？　そのセリフの前に、俺が何みたいだって……？」

俺の言葉に王女様が。

「ええっと……。昔の頃のお兄様みたいだと……」

「もう一度言ってくださいお願いします」

若干《じゃっかん》の戸惑《とまど》いを覚えながらも。

「お、お兄様みたいです」

「できればもっと砕けた感じで、もう一度……」

その一言を言ってくれた。

「お兄ちゃんみたい」

俺はこの城に残る事にした。

5

コンコンと、聞く者を不快にさせない大きさの、気配りのなされたノックの音。

その音と共に目を覚まし、自分が知らない部屋で寝ている事に混乱する。

「カズマ様、お目覚めでしょうか。朝のお食事をお持ち致しました」

ドアの外から聞こえてきたその声に、俺は昨夜の事を思い出した。

そうだった。今日からこの城で暮らす事になったのだ。

「おはようございます、もう起きてますよ」

ドアの外に呼び掛《か》けると、失礼しますという返事と共に、タキシードを着た白髪《しらが》の老人が現れた。

俺がベッドの上に身を起こすと、おそらく執事《しつじ》なのだろうその老人は、朝食を載《の》せた台車を押して入ってくる。

彼の名はセバスチャンとしておこう。

「本日の朝食はレッサードラゴンのベーコンに目玉焼き、新鮮《しんせん》なアスパラガスをふんだんに使った野菜サラダでございます。付け合わせのパンはお好みの物をどうぞ。野菜サラダの方は今朝採れたての新鮮な物です。アスパラガスは攻撃力《こうげき》が高いので、反撃《はんげき》を受けないようご注意ください」

色々とツッコミどころの多い事を言いながら、老人はベッドの脇《わき》に食事を置いて下がっていった。

ファンタジー世界の王道ドラゴンがベーコンで出てきたのもショックだが、攻撃力の高いアスパラガスも気になる。

無難なとこから目玉焼きだけ食べとこうか……。

と俺は行儀悪《ぎようぎわる》くもベッドの上で上体だけを起こしたまま、傍《かたわ》らに置かれた目玉焼きにフォークを刺《さ》すと。

「キュー」

……キュー？

俺が、目玉焼きが鳴くという現象に固まり、しげしげと皿を見つめていると、再びドアがノックされる。

「どうぞー」

目玉焼きを食うのは諦《あきら》めドアの外に返事をすると、そっとドアが開けられた。

そして……。

「…………お、おはようございます……」

ドアの陰《かげ》に半分ほど体を隠し、恥ずかしそうにか細い声を出すアイリスがそこにいた。

――アイリスは、ドアの陰からこちらを覗《のぞ》き、モジモジしたまま入ってこない。

何だろうこの新鮮な反応は。

俺の周りの女性陣《じん》ときたら、ドアの前で泣き喚《わめ》くか蹴破《けやぶ》るか出てこないなら魔法《まほう》で破壊《はかい》しますよと脅《おど》すかのどれかだったのだが。

「……お、おはようございますアイリス様。昨日は遅《おそ》くまで話をしてたのに、また随分《ずいぶん》早起きですね」

「あの、この城の中では、できれば昨日の様に、もっと砕《くだ》けた口調の方が嬉しいです……」

二人でぎこちない挨拶《あいさつ》を交《か》わし、何となく見つめ合う。

昨日はもっと打ち解けていたはずなのだが、アレは夜中という事もあり、お互《たが》い変なテンションだったのだ。

アイリスも朝になって少し冷静になったのだろう。

どことなく恥ずかしそうに、チラチラと俺を見ていた。

「そうか？　それじゃあ、もう一度やり直すか」

「はいっ！　……お、おはようございます。お、お、お兄ちゃん……！」

お兄ちゃんというワードに朝からいきなりテンション上がるが、ここでいきり立つとアイリスを怖《こわ》がらせてしまう。

俺は紳士《しんし》な立ち振《ふ》る舞《ま》いを意識すると、ベッドから降り、余裕《よゆう》をもって笑い掛けた。

その大人な振る舞いに照れたのか、ほんのりと顔を赤らめるアイリスが愛らしい。

「おはよう、アイリス」

「……その、ちゃんとズボンを穿《は》いてください……」


——身支度《みじたく》を済ませ、一通り食事も終えた俺は、アイリスと共に城の中を散歩していた。

「違うんだよアイリス。お兄ちゃんは変態なんかじゃないんだ。今日はたまたま、パジャマ的な物がなかったから下着で寝《ね》てただけなんだ」

「分かりました、分かりましたから、その話はもう止《や》めにしましょうお兄様！」

朝の一件があってから、アイリスが俺の事をお兄ちゃんと呼んでくれなくなった。

お兄様って呼び方は、一歩引かれた感じで切なくなる。

俺はこの城で何をすれば良いのか聞いたところ、アイリスの知らない事や興味を惹《ひ》きそうな事などを、適当に話してやるだけで良いのだそうな。

「つまりは、アイリスの教育係みたいに考えとけばいいのか」

「い、いえ。私《わたくし》への教育係はクレアとレインが担《にな》っていますので、お兄様には、その、私の遊び相手と申しますか……」

隣《となり》を歩くアイリスが、申し訳なさそうに声を小さくしていき、やがて顔を伏《ふ》せた。

今、この城の中で一番偉《えら》いのはこの子なのだから、もっとハッキリ物事を言って、やりたい事、頼《たの》みたい事を上から告げれば良いのに。

この引っ込み思案なところがどうにか直らないものだろうか。

高等教育を受けてきたこの子は、変に大人びているため、周りに気を遣《つか》ってしまうのだろう。

王族の持つ権力の大きさも良く理解し、自分のワガママ一つで周囲の人間がどれほど右往左往するかを分かっているのだ。

魔法使《まほうつか》いのレインは、俺を城へと連れて来た事が初めてのワガママだと言っていた。

俺を連れて来たのはダクネスへの当て付けの意味もあったらしいが、遊び相手になるだけで豪勢《ごうせい》な衣食住が約束されるのならこの生活も悪くない。

そんな話をしている内に、俺とアイリスは城の中庭へとやって来た。

そこには、日傘《ひがさ》と共に椅子《いす》やテーブルが備え付けられ、ボードゲームが置かれている。

「実は、今日は習い事がお休みなので、このゲームの相手をして頂ければ、と……」

アイリスが、誘《さそ》いを断られないかと不安そうに、おずおずと尋《たず》ねてきた。

俺は椅子に座ると、盤上《ばんじょう》に駒《こま》を並べながら。

「俺はアイリスの家臣じゃないんだ。良い勝負をして最後に負けてやるなんていう接待ゲームなんてしてやらないし、やるからには本気でやる。俺はゲームと名の付く物なら、まず負ける気がしないぞ？　それでもいいのか？」

「ッ！　は、はいっ！　それこそ望むところです！　城の人達は私に気を遣ってか、誰《だれ》も相手をしてくれないのです！　私は、別に負けてもいいんです！　負けてもいいので、本気で遊んで欲しいんです！」

「その意気やよし！　負けたとしても泣いたりすんなよ？　王女様を泣かしたとなると、面倒臭《めんどうくさ》い事になるからな！　それじゃいくぞ！　本気でやるなら、ゲームの前に挨拶だ。よろしくお願いします！」

「よろしくお願いします！」

俺は、盤上の駒を手に取ると……！

「——あ、あの、そろそろ暗くなってきたので、今日はもう終わりにしませんか？」

「ふざけんな、勝ち逃《に》げする気かよ！　やるからには全力でって話だろうが！　ようやくアイリスの癖《くせ》も分かってきたんだ、あとちょっとで勝てるはずなんだよ！　ちなみに、もう仕舞《しま》いたいからって手加減すんなよな⁉　わざと負けても分かるんだからな！」

「自分から本気で遊んで欲しいと言っておいて何ですが、お兄様はとても面倒臭い方ですわ！」

「うるせー！　大体このゲーム嫌《きら》いなんだよ！　俺の仲間にもこのゲームを好きなヤツがいるけど、テレポートされる度《たび》にイラッとすんだよ！」

「私にそんな事を言われても！」

ゲーム盤《ばん》を前に言い争っている俺達の下《もと》へ、血相を変えたクレアが駆《か》け寄ってきた。

「夕食の準備が整いアイリス様の下に来てみれば、貴様は何をやっている！　その口の利《き》き方は何だ、そもそも駄々《だだ》をこねるな！　素直《すなお》に負けを認め、夕飯が冷めない内に食堂に向かえ！　アイリス様に迷惑《めいわく》を掛けるんじゃないっ！」

「畜生《ちくしょう》、クレアの妨害《ぼうがい》が入ったからこの続きは明日《あした》だ！　次は絶対に勝つからな！」

「子供！　お兄様は子供です！」

「お兄様⁉　ア、アイリス様、お兄様とはこの男の事を言っているのですか⁉」

静謐《せいひつ》で、気品に満ちていた王城に、俺とクレアの罵声《ばせい》が響《ひび》く。

この日から、俺はお姫様《ひめさま》の遊び相手役を務める事になった。

6

部屋の中からレインの声が聞こえてくる。

「――と、この様な理由から、代々王族の方々は普通《ふつう》の人達よりも多くの才を持ってお産まれになります。魔王《まおう》を倒《たお》した勇者を婿《むこ》に迎《むか》える事は、単に勇者への褒美《ほうび》というだけではないのです」

どうやら歴史の授業中みたいだが、俺は気にせずドアを叩《たた》いた。

「……カズマ様。申し訳ありませんが、今はアイリス様の学業のお時間です。また後ほど、いらっしゃって頂けませんか？」

講師をしていたレインが、あまり表情を面《おもて》に出さないままに言ってくる。

「後ほどってどれくらい？　五分くらい？」

「い、いえ、本日は夕方まで歴史の授業となっておりますので……」

部屋の中を覗くと、授業を受けていたアイリスが、俺を見てソワソワしている。

誰かに遊びに誘われるのは初めての事らしく、それが嬉《うれ》しいらしい。

しかし、授業を取り止めにして遊びたいとも言えず、少し困った表情を浮《う》かべていた。

「しょうがない。それじゃあ外で時間を潰《つぶ》してるよ」

「助かります。それでは、申し訳ありませんが……」

ホッと息を吐《は》くレインを前に、俺は部屋を出て行った。

出て行く際にアイリスがちょっとだけ寂《さび》しそうにしていたが、これればかりは仕方がない。

俺は中庭に出ると、アイリスが授業を受けている部屋の真下に陣取《じんど》り……。

「どこまでも自由にー飛ーびたーいなー。へーい、竹とんぼー！」

バニルにボツを食《く》らった開発商品、竹とんぼを、例の歌を大声で歌いながら飛ばしていると、勢いよく窓が開けられた。

「カズマ様！　アイリス様が窓の外を気に掛《か》けて仕方がないので、そこで歌ったり遊んだりするのはお止めください！」

――授業の妨害をしながら暇《ひま》を潰していると、やがて授業を終えたらしいアイリスが駆け寄ってきた。

「お兄様、先ほどの魔道具《まどうぐ》は何ですか!?　楽しげに遊んでいましたが、私にも、その……

…」

よほど急いでやって来たのか、アイリスは息を切らしている。

「おっ、こいつの事か？　風の魔法が掛けられた高性能魔道具でな。使用回数は無制限な代物《しろもの》だ。こうして回してやるだけで、いくらでも簡単に飛ばせるんだよ」

「凄《すご》い！　使用回数が無制限の魔道具だなんて、神器級の代物ではないですか！」

簡単に俺の言う事を信じるアイリスに、竹とんぼを渡《わた》してやると。

「これから俺とゲームをして、その際にある条件を聞いてくれるなら、これをプレゼントしても良いぞ」

「ほ、本当ですかっ!?　聞きます、聞きます！　その条件を教えてください！」

——十分後。

「はい王手！　ひゃっはー！　俺の勝ちだあああ！」

「はいはい、私の負けです。まったく、本当にお兄様は子供みたいです」

「おっ？　負けたクセに偉そうに。まあ、約束通りその竹とんぼは進呈《しんてい》しよう」

「あっ、ありがとうございます！　……でもその、本当に良いんですか？　駒を一つ落として勝負するだけで、この様な魔道具を頂いてしまっても……」

アイリスは大切そうに竹とんぼを両手で握《にぎ》り、申し訳なさそうに言ってくる。

……と、そんな俺達に声を掛けてくる者が。

「ここにいたのですかアイリス様。護衛の自分を置いて駆け出して行かれるので捜《さが》しましたよ……。おや、カズマ様。それは竹とんぼですね？　以前お会いした、変わった名前の冒険《ぼうけん》者の方が似た物を作ってくれましたよ」

レインは、授業を終えると同時にすっ飛んでいったアイリスを、ずっと捜し回っていたらしい。

「レインはこの魔道具を作った方を知っているの？　凄いのよ、これは神器にも匹敵《ひってき》する……！」

「魔道具、ですか？　いえ、これは……。竹を削《けず》り出して作った、子供のオモチャの様な物で、作り方さえ知っていれば誰にでも……」

レインが言い終える前に、アイリスが涙目《なみだめ》でこちらを睨《にら》んでくる。

「お兄様の嘘吐《うそつ》き！　こんなのは認めません、先ほどの勝負は無効です！」

「おっ、何だ何だ？　俺は昨日言ったよな？　全力で勝ちにいくって。相手に実力で劣《おと》るのなら、それ以外のところで有利に事を進めればいい。今回の場合、アイリスの世間知らずな部分をピンポイントで突《つ》いた、俺の作戦勝ちだと言えよう。……負けたクセにそれを認めないだなんて、アイリス様ってばとんだお子様ですね！」

「ッ！　そ、それではもう一回！　もう一回勝負をしましょう！　先ほどと同じ条件でいいですから！」

「おっと、そろそろ夕飯の時間だな。ほら、クレアが呼びに来たぞ。今日は俺の完勝だな」

アイリスが再戦を求め俺がそれを断るという、昨日とは真逆の姿。

そんな俺達を、夕飯へと呼びに来たらしいクレアが、

「このまま勝ち逃げする気ですか!?　こんなのズルい、もう一度です！　クレアからも言ってやって！　ねえ、お願い！」

「おいクレア、昨日俺に言った事をアイリスにもそのまま言えよな！　素直に負けを認め、夕飯が冷めない内に食堂に向かえって！　ほら、早く！　王女だからって甘やかすなよ！」

俺達の間に挟《はさ》まれ、どうしていいか分からずにオロオロしていた——

「——アイリスは、たまには城の外に出たいと思わないのか？　アクセルみたいな街とかじゃなくってさ。山に行ったり川に行ったり。世の中には、俺達の知らない事がたくさん

あるんだ。近所の奥さん方に評判の変わった悪魔《あくま》がいるかもしれないし、パンの耳を主食にしている、友好的なリッチーなんてものもいるかもしれない」

今日はアイリスの授業が午前中で終わり、俺達は、最上階に位置するアイリスの部屋のテラスで、お茶を飲みながらゲームをしていた。

「私《わたくし》が城の外に出るとなれば、護衛として騎士《きし》団が動く事になります。私の場合は、家臣を付けず、一人で王都に出る事も許されていませんし……。それに、そんな悪魔やリッチーがいる訳ないじゃないですか。私を世間知らずだと思って、あまりバカにしないでください。……このマスにテレポートです」

アイリスは盤上の駒を動かしながら、こちらを疑わしい目でジッと見てくる。

どうやら昨日の事で、俺に対して警戒心《けいかいしん》を抱《いだ》いたらしい。

俺の隣《となり》ではレインが、会話に参加する事なく、飲み干したカップにお茶を注いでくれる。

俺は駒をツイッと動かすと。

「また随分《ずいぶん》と疑われてるな。世の中にはな、常識では測れない事があるもんだぞ。知ってるか？　普通、魚は海や川で獲《と》るもんだが、サンマだけは畑で獲れるんだぞ」

「それは流石《さすが》に嘘でしょう⁉」

「ほ、本当だって！　俺が酒場で働いた時、裏の畑からサンマ獲ってこいって言われたん……」

「そ、それは……。お兄様がイジメに遭《あ》っていたのでは……」

失礼な事を言うアイリスに、レインがそっと耳打ちする。

「アイリス様。カズマ様は嘘を言ってはおりません。サンマは畑で獲れる物です」

「そうなの!?　何て事……。犬が空を飛んだとでも言われた方が、まだ信じられます……」

「空飛ぶ犬は知らないけど、炎《ほのお》を吐く猫《ねこ》なら知ってるぞ」

「それは絶対に嘘です！　嘘吐き！　あなたはやっぱり嘘吐きです!!」

「本当だって！　俺の仲間が飼ってるんだよ!!」

「カ、カズマ様、さすがにそれは……」

「レインまで！　畜生、嘘なんて言ってないのに!!」

アイリスは、テーブルをバシバシ叩いて悔《くや》しがる俺に。

「集中が途切《とぎ》れましたねお兄様。計算通りです！　さあ、これで私の勝ちです！」

そう言って王手を掛け、年相応の笑顔《えがお》を見せた。

7

ここ最近のアイリスときたら、随分と要領がよくなってきた。

最初に出会った頃《ころ》の素直《すなお》で大人しいアイリスはどこにいってしまったのだろう。

……まったく。よく笑う様になったのは喜ばしい事だが、最近は俺の事を舐《な》めきっている気がする。

というか、ゲーマーたるこの俺が、ゲームで負けたままってのもいただけない。

兄としての威厳《いげん》を取り戻《もど》すためにも、ここらでガツンと上下関係を分からせるべきか。

俺がこの城にやって来て、そろそろ一週間が経《た》つ。

アイリスが俺に懐《なつ》いてきたのと同じく、俺もこの城の生活に慣れ親しんできた。

――今の時刻は昼過ぎだろうか。

アイリスの今日の予定は、午後三時まで勉強のはず。

目が覚めた俺は柔《やわ》らかなベッドの上から降りようとはせず、上体だけを起こしたままパンパンと手を叩いた。

それを聞いて現れたのは、執事《しつじ》服にキッチリと身を包んだ白髪《しらが》の老人。

「お呼びでしょうかカズマ様」

「ああ、目覚めのコーヒーを頼《たの》むよセバスチャン」

そう、俺の専属執事のセバスチャンである。

「ハイデルです」

「頼むよハイデル」

ハイデルらしい。

俺はハイデルにコーヒーを頼むと、再びベッドの上に寝転《ねころ》んだ。

今からもう一つの日課が待っている。

やがてメイドのメアリーがベッドのシーツを替《か》えにくるはずだ。

だが、そう簡単にシーツを替えさせてやる訳にはいかない。

メイドさんには簡単に仕事をこなさせないよう、様々な妨害《ぼうがい》をする。

それが、貴族の嗜《たしな》みというヤツである。

こないだダクネスにメイドをやらせた際に、そんな事を言っていたから間違《まちが》いない。

アイリスの習い事が終わるまで、メイドさんをからかって暇潰《ひまつぶ》しをしよう。

——やがて俺の予想通りに聞こえてきた、ドアをコンコンと叩《たた》く音。

「おはようメアリー。だがそう簡単に、この俺がシーツを取り替えさせると思うなよ？

さあ、手早くシーツを取り替えて他《ほか》の仕事に取り掛《か》かりたいのなら、こう言うんだ。『ご主人様、どうか……』」

入ってきたのはダクネスだった。

「……ご主人様、どうか……？　何だカズマ、言ってみろ。ほら、この場の全員で聞いてやる。

ビックリするぐらいに真顔なダクネスの後ろには、呆《あき》れ顔のアクアとめぐみん。

「ご、ご主人様、どうかわたくしめに、ご主人様の香《かお》りの付いたシーツを……」

「香りの付いたシーツを？　なんだ、セクハラはお手の物だろうが。恥《は》ずかしがっていないでとっとと言え！　この場の全員で聞いてやる！」

「ゆ、許してください……っ！　ってか、なんでダクネスがここにいるんだよ!?　この部屋は俺に与《あた》えられた聖域だぞ！　誰《だれ》の許可を得て入って来てんだ！」

開き直った俺の言葉に、ダクネスがみるみる内に眉間《みけん》に皺《しわ》を寄せていき……！

「なぜ私がここにいるかだと!?　決まっている、お前を連れ戻しにやって来たのだ！　まったく、いつまでも迷惑《めいわく》を掛けていないでとっとと帰るぞ！　貴様というヤツは、どうしてこうも予想の斜《なな》め上の行動を取るのだ！　めぐみんなど、貴様がまた厄介事《やっかいごと》にでも巻き込まれ、それで帰ってこられないのではと夜も眠《ねむ》れずに心配していたのだぞ！」

「べべ、別にそこまで心配してはいませんよ!?　たまたま夜更《よふ》かしする日が続いただけです。おかしな誤解はしないでください！」

慌《あわ》てふためくめぐみんを詳《くわ》しく問い詰《つ》めたいところだが、それ以上に聞き捨てならない事を言われた。

「ふざけんな、俺はアイリスの遊び相手役に就任したんだ！　この城で面白《おもしろ》おかしく生きていくんだ、安泰《あんたい》な俺の人生を邪魔《じゃま》すんなよ！」

「バカ者！　この国にそのような役職は無い！　いいか、よく聞けカズマ。お前がこの城に留《とど》まる理由がないのだ。どこの馬の骨とも分からん男を、いつまでも理由も無く城に置いておくのはマズイのだ！」

「じゃあアイリスの教育係とかやるよ！　世間知らずで騙《だま》されやすいお姫様《ひめさま》を、俺がちゃんと鍛《きた》えてやる！　ついでにお前もどうだ？　世間知らず度で言えば、お前はアイリスと同レベルだろ！」

「き、貴様というヤツは、本当に……っ！　何が教育係だ、クレア殿《どの》から聞いたぞ！　貴様のせいで、アイリス様がおかしな影響《えいきょう》を受けているらしいな！　軍事や戦闘《せんとう》の授業の際に、突拍子《とっぴょうし》もない事を仕掛《しか》けてきたり、搦《から》め手を使ってきたり……！　冒険者《ぼうけん》と違《ちが》い、王族や騎士団は堂々と戦うものなのだ！　お前の姑息《こそく》な戦い方を教え込むな！　ほら、アクアも何とか言ってやれ!!」

ダクネスに話を振《ふ》られ、怒《いか》り心頭なアクアが腰《こし》に手を当て言ってくる。

「そうよ、カズマったら一人だけ城暮らしだなんてズルいわよ！　魔王《まおう》軍の幹部を倒《たお》せたのは皆《みんな》の力を合わせたからでしょ!?　カズマが城に住めるのなら、私だってお城暮らしできなきゃ不公平よ!!」

「アクアはやっぱり黙《だま》ってろ、話が余計ややこしくなる！」

一人だけズレた事を言っているアクアを押しのけ、ダクネスがズイと前に出る。

「おっ、何だ何だ？　過去に俺と勝負して負けたのにまた挑《いど》もうってのか？　お前はお嬢様《じょうさま》のクセに脳筋だとは思っていたが、学習能力ってものがないらしいな。俺は安全なこの城で、何不自由なく面白おかしく暮らすんだ。ほら、泣かされたくなかったら帰れ帰れ！」

「……いいだろう、勝負してやる。皆、部屋の外に出ていてくれ」

ワンピースのドレスのみを身に纏《まと》ったダクネスが、武器も持たずに言ってくる。

それを聞いて皆が部屋から出て行く中、俺は勝ち誇《ほこ》って笑みを浮《う》かべた。

「本気か？　武器も鎧《よろい》もないその格好で、勝ち目があるとでも思ってるのか？　今日はヒラヒラのドレス一枚じゃないか。対人戦では必殺の威力《いりょく》を誇る、俺のスティール一発で大惨事《だいさんじ》だぞ」

「やってみろ」

ダクネスは、それをハッタリだと受け取ったのかキッパリと言い放つ。

「……お前分かってんの？　そんな薄着《うすぎ》じゃ、スティールを三発ほど食《く》らわせたらすっぽんぽんだぞ？　今なら勘弁《かんべん》してやるから……」

「やってみろと言っている」

俺の言葉を遮《さえぎ》って、ダクネスは一歩踏《ふ》み出した。

「お、おい、冗談《じょうだん》よせよ。いいのか？　本気でやるぞ？」

「だから、やれるものならやってみろと言っている！　この部屋には私とお前の二人きりだ！　さあ、私を脱《ぬ》がすというのなら脱がしてみろ！」

こいつ、開き直った！

「待てよ、分かった、ちょっと話し合おう！」

「話す事など何もない、私はとっくに覚悟《かくご》はできている！　軽いセクハラなら平気でできるが、一線を越《こ》えるのは怖《お》じ気づくヘタレめ、剝《む》けるものなら剝いてみろ！　私を剝いて、全裸《ぜんら》にするなり襲《おそ》うなり好きにしろ！　そんな度胸があるのならやってみるがいい！」

「エロ担当！　やっぱりお前はエロ担当だ！　お前、今日からエロネスって呼んでやるからな！　ああああ折れる折れる！　嘘ですごめん！　だ、誰か来てくれえ！」

ダクネスに腕《うで》を取られあっさりと取り押さえられた俺は、床《ゆか》に顔を押し付けられながらドアの外に助けを求めた。

それに応じてくれたのは……、

「あ、あの……、ラティーナ……！　どうか、酷《ひど》い事はしないであげて……？」

早めに授業が終わったらしく、遊びに来たアイリスだった。

アイリスは、おどおどしながらもダクネスに、上目遣《うわめづか》いで申し出る。

一度はダクネスにはたかれたのに、それでも物怖じせずに俺を庇《かば》ってくれる我が妹。

「アイリス様、この男を甘やかしてはいけません！　こやつは人の皮を被《かぶ》った性獣《せいじゅう》です。女とみれば一緒《いっしょ》に風呂《ふろ》に入りたがり、スキルを使えば下着を盗《ぬす》む。これはそんな男です。この私が人身御供《ひとみごくう》になります故《ゆえ》、アイリス様はどうか外へ……！」

アイリスが席を外したら、コイツには自分の言葉通り地獄《じごく》を見せてやろう。

具体的に言えば剝くって事だ。

俺がいつまでもヘタレだと思うなよ……！

と、ダクネスに言われたアイリスがしゅんとして。

「……」

何も言わずに俯《うつむ》き、寂《さび》しそうに黙り込んだ。

「うっ……。ア、アイリス様……」

流石《さすが》のダクネスも、アイリスには弱いらしい。

寂しそうなアイリスの顔を見て、俺を取り押さえたまま狼狽《うろた》えた。

「あーあ、王女様を悲しませるだなんて最低だないたたたたた！」

「お前はちょっと黙っていろ！ ……アイリス様、どうかお聞きください。この男はアクセルの街に屋敷《やしき》もあり、それなりに名の売れている冒険者なのです。かの街にはこの男の友人もおり、行方《ゆくえ》をくらませれば心配する者もおります。かくいう私達も、この男を心配してここにやって来たのです。……なのでどうか、この男を解放してやってはいただけませんか？」

アイリスはそれを聞き、悲しげな表情ながらも小さく頷《うなず》く。

「……そうですね。ワガママを言ってごめんなさい……」

頑張《がんば》れ、アイリス、もっと頑張れ！

諦《あきら》めるな、お前はこの城の最高権力者なんだから、もっと駄々《だだ》を捏《こ》ねてもいいんだぞ！

俯いていたアイリスは、ふと顔を上げてダクネスに。

「ねえララティーナ。それならせめて、今晩だけでも……。お別れの晩餐会《ばんさん》を開いてはいけませんか……？」

おずおずと申し訳なさそうに、上目遣いで言ってきた。

8

貴族や王族の晩餐会。

それは、あまりにも華《はな》やかで、豪勢《ごうせい》で。

「ねえカズマ、これ凄《すご》く美味《おい》しいわよ！　この、天然物の野良《のら》メロンに生ハムを乗っけたやつ！　これはよほど新鮮《しんせん》な野良メロンのようね、まだピチピチしてるわよ」

「カフマカフマ、ほれもおいひいれふよ。……んぐっ。酢飯《すめし》に乗せた高級プリンにわさび醤油《じょうゆ》をかけた料理です！　何の料理かは分かりませんが、ねっとりとした甘みととろみが絡《から》み合い、まったりとしながらしつこくなく……！」

会場に用意されたご馳走《ちそう》をモリモリと頬張《ほおば》る仲間を見て、俺達一般人には場違《ばちが》いだと理解した。

俺達も、一応は城から借りたスーツやドレスで着飾《きかざ》り、外見的には会場に溶《と》け込んでいるものの、醸《かも》し出す雰囲気《ふんいき》と佇《たたず》まいは、他の客からあきらかに浮いている。

数名の雇《やと》われバーテンダーが、会場の隅《すみ》で客に合わせたカクテルを作っているのだが、お代わりの度《たび》にそこへ行くのが面倒《めんどう》になったアクアは、料理が置かれていたテーブル席をバーテンダーの前に引っ張っていき、そこで飲み食いを始めている。

そして俺の隣《となり》ではめぐみんが、空の容器をもらってせっせと料理を詰めていた。

いつもならこんな状況《じょうきょう》になる前に、恥ずかしそうに止めてくれるヤツがいるのだが……。


「ダスティネス卿《きょう》。パーティー嫌《ぎら》いのあなたが、こうした催《もよお》しに参加するとは珍《めずら》しいですね！　いや、今宵《こよい》の晩餐会に参加して良かった！　こうして、お美しいあなたの姿を拝見する事ができたのですから！」

「ダスティネス卿、お父上のイグニス様はお元気ですか？　わたくし、若い頃《ころ》にはイグニス様にお仕えしていた事がありまして……」

「ああ、ダスティネス様！　今宵あなたに会えた事を、幸運の女神《めがみ》エリスに感謝致《いた》します！　あなた様の美しさは噂《うわさ》に聞いてはおりましたが、まさかこれほどとは……！」

「いいや、噂などあてにならないと思い知りましたよ！　あなたの美に比べれば、百年に一度咲《さ》くと言われる幻《まぼろし》の一夜草、月光華草ですら霞《かす》んでしまう！　実は、あなたに似合う良い店があるのです。このパーティーが終わったら、ぜひご一緒にいかがですか？」

「いやいや、貴公の家格ではダスティネス様をエスコートするには不足でしょう。ここはぜひ、このわたしが……」

ダクネスは貴族連中に取り囲まれ、歯の浮く様な賛辞を浴びせられまくっていた。

当のダクネスはといえば、さすがにこういった事には慣れているのか、穏《おだ》やかな微笑《びしょう》を湛《たた》えながら、数々のお誘《さそ》いをやんわりと断っている。

「皆様《みなさま》お上手ですこと。パーティーには不慣れな身なもので、どうかお手柔《てやわ》らかにお願いしますね？」

誰《だれ》だお前はとツッコみたくなる。

穏やかな女性を装《よそお》うダクネスは、頰《ほお》の辺りがピクピクしていた。

実は結構いっぱいいっぱいなのかもしれない。

しかし、あいつモテるなあ。

ダクネスの周りは、金髪碧眼《きんぱつへきがん》の若いイケメンばかりじゃないか。

…………。

「こんなとこにいたのかララティーナ。おっ、モテモテだなララティーナ、今日は特にドレスが似合ってるじゃないかララティーナ？」

ふらふらと近付いてきた俺に突然《とつぜん》ララティーナと連呼され、ダクネスは含《ふく》んでいたワインを吹《ふ》き出した。

「ゲハッ！　ゴホ、し、失礼！」

周りの貴族達が俺にギョッとした目を向ける中、むせて涙目《なみだめ》になったダクネスは、ハンカチで口元を拭《ぬぐ》うと。

「いきなりどうされたのですか、冒険者仲間のサトウカズマ様？　このような場でその名を連呼されるのは困りますわ。相変わらずイタズラ好きですね、私達の関係を誤解されてしまうじゃありませんか」

外面《そとづら》の良い微笑を湛えたまま、冒険者仲間という部分をやけに強調しながら言ってきた。

本当に、誰だお前は。

ダクネスの言葉を聞いて、貴族達の雰囲気が和《やわ》らいだものになる。

「はは、いきなりダスティネス様を下の名で呼ぶもので驚《おどろ》きましたよ。ダスティネス様は、モンスターから領民を守るため、そして趣味《しゅみ》も兼《か》ねて冒険者をやっているのでしたね。いやいや、やんごとなき関係かと誤解するところでした」

「いやまったくだ。しかし、さすがダスティネス卿のお仲間です。ジョークも冴《さ》えておりますな。イタズラとはいえ、ダスティネス卿のお名前を呼べるとは羨《うらや》ましいですな」

「ええ、本当に。……そういえば、ダスティネス様は婚約者《こんやく》はお決まりですか？　もしお決まりでないのなら、貴方様《あなた》の下の名を呼べる幸運な者として、ぜひ名乗りを上げたいとこですが……」

「いや、ここはずっとダスティネス家に見合いの申し込みをしてきたわたくしに、先手を譲《ゆず》って頂かなくては……」

再びダクネスを口説きに入った貴族達は、お互《たが》いを牽制《けんせい》しながらその場を離《はな》れようとはしなかった。

さすが権力者で金持ちなイケメン連中だ。

よほど自分に自信があるのか、こいつらグイグイくるなあ。

ここはもう一発、からかいがてらの爆弾《ばくだん》発言をしてやろうと思った、その時だった。

「――ここ近年、次々と多大なる功績を挙げているダスティネス様には、もっと相応《ふさわ》しいお相手がいるだろう。少なくとも、貴公らでは話にならん」

そんな不遜《ふそん》な事を言いながら、突然割って入ってきたのは、どこかで見覚えのある男だった。

毛深く、そして頭の薄《うす》い、大柄《おおがら》で太った中年男。

「これはこれはアルダープ様、また辛辣《しんらつ》なお言葉で……」

忘れもしない、俺に濡《ぬ》れ衣《ぎぬ》を着せて処刑《しょけい》しようとした、アクセルの街の領主だった。

「あんた、何でこんなとこにいるの？」

「き、貴様がっ！　貴様が、デストロイヤーのコアをワシの屋敷に送りつけたせいで、未《いま》だ屋敷の建て直しをしているのだろうがっ！　アクセルの街の屋敷ができるまで、王都の別邸《べってい》で暮らしていたのだ！　大体、平民の分際であんたとは何事だ！　ワシの事はアルダープ様と呼べ！」

俺の疑問に唾《つば》を飛ばしながら怒鳴《どな》りつけてくるアルダープ。

このおっさん別荘《べっそう》まであるのか、金持ちだな。

「ところでアルダープ様。ダスティネス様に相応しい御方《おかた》とは一体どなたで？　聞いた噂によれば、確かあなたはダスティネス様にご執心《しゅうしん》だったと思いますが、まさか……」

と、ダクネスを口説く邪魔《じゃま》をされた貴族の一人が、おっさんに皮肉混じりに。

「無論、ワシではない。ああ、ワシの息子《むすこ》でもないぞ？　以前のダスティネス様ならいざ知らず、今となっては家格は元より、個人で挙げた功績の面においても、ダスティネス様と釣《つ》り合う男など一人しかおらぬだろう」

自信に満ちた表情で、アルダープが勿体《もったい》つけて言い放つ。

個人で挙げた功績の面で、ダクネスと釣り合う男。

「俺の事か」

「ややこしい事になるから、もうお前は喋《しゃべ》るな！　向こうに行って、アクアやめぐみんに遊んでもらってこい！」

余裕《よゆう》がなくなってきたのか、だんだん外面が剝《は》がれてきたダクネスが俺を叱《しか》りつける。

そんなやり取りを気にもせず、アルダープは満面の笑《え》みを浮《う》かべて言った。

「現在、国王陛下と共に国の正規軍を率い、魔王《まおう》軍と戦っておられる、第一王子ジャティス様だ。本来なら婿《むこ》を取らなくてはいけないダスティネス様だが、ダスティネス家の跡継《あとつ》ぎに関しては、お二人の間にお子が何人か生まれれば、下の子にダスティネス家を継《つ》がせればよい」

それを聞いた貴族達が、渋《しぶ》い顔をしながら黙《だま》り込んだ。

「以前から最前線で戦われてきたジャティス様は元より、最近、次々と魔王軍の幹部を撃《げき》破《は》しているダスティネス様も、既《すで》にこの国の英雄《えいゆう》と言えよう。ダスティネス様の功績への報《むく》いとしても、王族入りとなれば申し分ない。そして、二人の間にはさぞかし強く美しい、立派なお子が生まれるだろう。……どうだ、似合いの二人ではないか？」

このおっさんは、確かダクネスに異様な執着《しゅうちゃく》を示していると聞いたのだが。

ダクネスが、どう足掻《あが》いても手に入らない高嶺《たかね》の花だと、とうとう諦《あきら》めたのだろうか。

「た、確かに……」

「お互い、これ以上にないお相手で……」

それを聞いた貴族達が、渋々《しぶしぶ》といった形で引き下がろうとする中。

ダクネスが何か言おうとした、その時。

「おい、それじゃあ俺との爛《ただ》れた関係はどうなるんだ。なんだよララティーナ、この俺を捨てるってのか⁉」

「「「「⁉」」」」

俺が発した言葉に、その場の全員がギョッとする。

「おお、お前はまたいきなり何を……！　い、いえ、またどんなイタズラを思い付いたのですかカズマ様。このような場では、イタズラは困りますと言ったではありませんか」

言いながら、ダクネスがにこやかに、仲の良い男性と腕《うで》を組もうとするかの様に、そっと俺の腕に手を伸《の》ばす。

俺はそれをひょいとかわし。

「ララティーナ、俺との蜜月《みつげつ》の日々を思い出せ！　毎日同じ屋根の下で暮らし、一緒《いっしょ》に風呂《ふろ》に入ったりもしたじゃないか！　お前、俺の背中を流してくれた事もあっただろ⁉　先日も俺の事をご主人様と呼ばせた特殊《とくしゅ》プレイを……」

「カズマ様、イタズラも度が過ぎますと、大変な事態になりますわ！」

なりふり構わず組み付いてきたダクネスに、俺は真っ向から手四つの体勢で摑《つか》み合った。

「おおっと、良いのかララティーナ⁉　貴族のお偉方《えらがた》が居並ぶ面前で、お前の怪力《かいりき》を発揮しても！　自分で邪魔しておいて何だが、お前だっていつかは嫁《よめ》にいかなきゃならないんだろ？　しかもお前って、貴族としてはそろそろ嫁にいかないとマズイ年なんだろ？　お嬢様《じょうさま》、持ち前のバカ力なんて発揮したら嫁の貰《もら》い手があああああああああ⁉」

「あらあらカズマ様、相変わらず演技がお上手ですこと！　わたくし、力など入れておりませんのに痛がる様が本物みたいですわ！　これでわたくしが本気を出したなら、一体どうなってしまうのでしょうね！　レベルが上がったわたくしの力を試《ため》してみますか⁉」

「冗談《じょうだん》が過ぎましたダスティネス様ー！」

9

——悪気はちょっとしかなかったのだ。

というか、モテモテなダクネスにイラッとし、邪魔してやりたくなっただけなのだ。

自分が付き合うのは嫌《いや》だが、親しい女友達が他人の物になるのも嫌だというこの気持ち。

ちょっと前までは、報酬《ほうしゅう》に目が眩《くら》んでダクネスの見合い話を推《お》し進めていたクセに、生活に余裕が出てくるとなぜか邪魔をしたくなる。

我ながら、実にワガママな話だ。

一応名目上では俺のお別れ会という事だったのだが、ダクネスが目立っているおかげで、俺はといえば完全に放置されていた。

……別に、貴族の兄ちゃん達にチヤホヤされたって嬉《うれ》しくないし、寂《さび》しくも何ともない。

アクアやめぐみんはなぜか貴族のお姉さんに声を掛《か》けられ、どんなシャンプーを使っているのか、石鹼《せっけん》はどこの物を愛用しているのかなどを聞かれている。

まあ、あいつらも黙っていれば見てくれは良いからなあ。

……が、それだって別に羨ましくも何とも……！

「──こんなところでどうなさったのですか？」

会場の隅《すみ》っこで、皆《みな》がチヤホヤされる様を見ながら壁《かべ》で小さくなっている俺に対し、アイリスが声を掛けてきてくれた。

「アイリス、さすがアイリス！　何て気が利《き》いて優《やさ》しくて可愛《かわい》いんだアイリスは！　こういったパーティーでぼっちって凄《すご》く寂しいんだよ、やっぱできた妹だなあアイリスは！」

「そ、そんな……」

俺が褒《ほ》めちぎると、アイリスはボソボソと呟《つぶや》き、頰《ほお》を赤らめて俯《うつむ》いた。

おっ？

ここ最近は、俺に対して遠慮《えんりょ》なく食って掛かってきたり色々言ってきたものなのだが、今日は随分《ずいぶん》と大人しいな。

アイリスは、顔を赤くしたまま、俺の隣《となり》で壁に背を預けた。

城内のパーティーという事で、あのうるさいクレアも、アイリスに付きまとってはこない様だ。

と、華《はな》やかな会場を眺《なが》めながら。

「明日《あした》から、このお城も静かになりますね。クレアを怒《おこ》らせたり、レインを困らせたりする誰《だれ》かさんが帰ってしまいますから」

アイリスが、壁にもたれかかったままそんな事を呟いた。

「あの二人もこの一週間で、随分と俺を目の敵《かたき》にする様になったな。てか、城が静かになるのは良い事じゃないか。俺の屋敷《やしき》なんて、毎日騒《さわ》がしいもんだぞ？　何か一つ願いが叶《かな》うのなら、俺は平穏《へいおん》な日常が欲しいな」

と、壁にもたれたまま俺の方をチラリと見たアイリスが、切なそうに微笑《ほほえ》んだ。

……何だろう、こんな寂《さみ》しげな仕草一つで胸がキュンキュンする。

俺はこんなにもチョロい男だっただろうか。

「出会ったその日から妹扱《あつか》いしてる俺も大概《たいがい》だけど、アイリスも、まだ一週間ほどだってのに随分と懐《なつ》いてくれたなあ」

12歳の子に動揺《どうよう》している事を悟《さと》られない様、話を逸《そ》らそうと試みる。

「ご迷惑《めいわく》でしたか？」

だが、恥《は》ずかしそうに上目遣《うわめづか》いでそんな事を尋《たず》ねられ、俺の動揺は更《さら》に加速した。

「い、いや、もちろん嬉しいんだけどね？　でも、俺なんかのどこをそんなに気に入ってくれたのかなって思った」

緊張《きんちょう》で声が上擦《うわず》りそうになるのを何とか抑《おさ》えていると、アイリスがくすくすと笑いだす。

そして……。

「私《わたくし》、あなたの様な人に会ったのは初めてなんです。他《ほか》の者がかしずく中、一人だけ物怖《もの》じもせず、無礼で、あけすけで、王族の私におかしな事を教え込み、そして大人気なく全力で勝ちにきたり……」

「お、おい、俺の気に入らないとこを言ってくれっててんじゃないぞ。どこを気に入ってくれたんだって話をしてるんだぞ？」

アイリスの言葉に戸惑《とまど》う俺に。

「ええ、気に入った理由を話しているんですよ？」

アイリスは、ニコニコしながらそんな事を……。

くそ、可愛いじゃないか！

どうしてエリス様といいアイリスといい、こういったまともな子達との間には壁が立ちはだかるんだ。

いや、もちろんアイリスは妹としてしか見てないけども。

12歳の子供としてしか見てないけども！

「そういえば、あのゲームでの戦績は私が勝ち越《こ》していますし、私の勝ちで良いですよね？」

「おい何言ってんだ、後半の方は五分五分の戦いだったし、むしろ俺の方が圧倒《あっとう》してた勝負の方が多かっただろ。このまま対戦を重ねていけば俺の勝利は確実だったはずだ」

「こんな時くらい素直《すなお》に負けを認めてくれてもいいじゃないですか。やっぱりお兄様は子供です！」

「おっと、その子供相手にムキになって、勝利宣言するってのも子供だと思うぞ！」

俺とアイリスはそのまましばらく言い争うと、やがて喋り疲《つか》れ、再び壁に背中を預けた。

まったく、最後の最後まで締《し》まらない。

とはいえ最近のアイリスは、喧嘩《けんか》中もどこか楽しそうなのだが。

それからは、俺とアイリスは何を話すでもなく、ただ何となくパーティーの様子を遠く見守る。

この一週間、一緒にいる時にはひたすら色んな事を喋ったり、そして怒らせたり笑わせたりしてきたのだが、なぜか今は、どちらともなく押し黙っていた。

相変わらずアクアとめぐみんはひたすらに飲み食いし、そして、ダクネスは貴族連中に囲まれている。

「この一週間、あなたと過ごした日々は、きっと忘れられないものになるでしょう……」

アイリスが、それらを眺めたまま独り言の様に言ってくる。

「ララティーナが羨《うらや》ましいです。きっと、毎日楽しいんだろうなあ……」

と、寂しげにはにかみそんな事を。

……たった一週間で、よくこれだけ懐かれてしまったものだ。

俺が街に帰ってしまえば、この子はまた明日から、王族としての義務を果たすため、自分を抑え、ワガママを言わない良い子を演じ、生きていくのだろう。

……俺がこの城に残る方法は何か無いものだろうか。

騎士《きし》として取り立ててもらうか？

いやいや、貧弱な俺ではアイリスやダクネスのコネを使っても騎士団入りは難しいだろうし、そもそも俺が追い出される事になったのは、アイリスに悪影響《あくえいきょう》を与《あた》えるからという事と、この城にとって俺が何の利益ももたらさない事が原因だ。

……都合良く魔王《まおう》軍の幹部でも攻《せ》めてこないだろうか。

それを華麗《かれい》に倒《たお》せれば、この地での俺の必要性も認められ、多少のワガママも聞いてもらえそうな気がする。

そこまでの大物じゃなくてもいいから、王都での功績が欲しい。

そうすれば、俺への風当たりも弱くなる気が……。

俺が無言のまま悩《なや》み込んでいるとアイリスは、

「私も、ラランティーナの様に冒険《ぼうけん》者になってみたいです。王族は、代々高い魔力や素養を秘《ひ》めているんですよ？　ラランティーナの様なクルセイダーは無理かもしれませんが……。魔法使いやプリーストはどうでしょう？　もしくは……。盗賊《とうぞく》職に就《つ》いて、今、巷《ちまた》で噂《うわさ》の義賊《ぎぞく》みたいになるのも良いかもしれませんね！　でも、盗賊になるだなんて言ったら、クレアに怒られるかしら？」

そう言って、くすくす笑い……。

「……ん？　今、巷で何が噂だって？」

ふと顔を上げた俺に、アイリスは不思議そうに首を傾《かし》げ。

「お兄様は話題の義賊を知らないのですか？　何でも、評判の悪い貴族の家に侵入《しんにゅう》し、後ろ暗い方法で貯《た》め込んだ資産を盗《ぬす》んでいく盗賊がいるらしいのです。そして、貴族が被《ひ》害《がい》にあった次の日には、エリス教団の経営する孤児院《こじいん》前に多額の寄付金が置かれているらしく……。それでその盗賊は、義賊扱《あつか》いをされているのです」

義賊……。

「本来なら王族である私が、盗みを働いた者を義賊などと呼んではいけないのでしょうが……。でも、何だか格好良いと思いませんか？　私は王族ですから、盗みに入られる側なのでしょうが……。それでも、ちょっとだけ憧《あこが》れてしまいます」

そう言って目を輝《かがや》かせるアイリスを見ていると、その顔も知らない義賊にちょっとした嫉妬《しっと》を覚え、捕《つか》まえてやりたくなる。

……義賊を捕まえる？

「……これだあああああああ！」

10

「ダクネス！　ダクネース！　……あっ、丁度良いところにクレアもいた！」

「ま、また来たのかお前は……。今忙《いそが》しいのだ、あっちに行ってろと言っただろうに」

「な、何か御用《ごよう》でしょうかカズマ殿《どの》……」

俺は、歓談《かんだん》を邪魔《じゃま》され迷惑そうな顔のダクネスとクレアに駆《か》け寄ると。

「おい、聞いたぞお前ら！　今王都では大変な事になってるそうじゃないか！」

突然《とつぜん》の俺の言葉に二人は揃《そろ》って首を傾げ。

「大変と言えば大変な事だな。一国の王女が冒険者に毒され、お兄様呼ばわりを始めた事を陛下が耳にされたら、お前の首が飛んでもおかしくないぞ」

「ダスティネス卿《きょう》のおっしゃる通り。陛下が前線からお戻《もど》りになった際には、私はあなたの事を庇《かば》う気はありませんよ？　この城であった事をそのまま話しますので」

「違《ちが》う、そんな事じゃない！　俺は親御《おやご》さんが留守の間、寂しく過ごしていた女の子と遊んであげただけだ！　そんな事より!!」

俺は、できるだけ他の貴族にも聞こえる様に。

「俺が言っているのは、この王都で義賊が暗躍《あんやく》してるって事だよ！　聞いたぞ！　何でも、王都に住居を構える貴族達が狙《ねら》われてるんだってな！」

「あ、ああ、確かに、素行の悪い貴族が狙い撃《う》ちにされているらしいな……」

「それがどうしたというのですかカズマ殿？」

戸惑う二人の大貴族に、俺は親指で、自分の胸をグッと指すと。

「その巷を騒がす義賊とやら。この俺が捕まえてやる」

「「はっ？」」

ダクネスとクレアがキョトンとする。

それと同時に、周囲にいた貴族達がざわめいた。

「王都の騎士団と警察が捜査《そうさ》にあたっているのに、未《いま》だ何の手掛《てが》かりも掴《つか》めていないあの賊を捕まえるだと？」

「というか、さっきから会場をちょろちょろしているあの男は何なのだ？　実はずっと気になっていたのだ」

「シッ！　どうも、あのパッとしないのがダスティネス卿のお仲間らしく……」

「アレが⁉︎　あの、冒険者というよりも、どう見ても一般人《いっぱん》にしか見えないあの男が⁉︎」

「彼は、確かアイリス様の遊び相手とかいうニートじゃないかね？　先日も、城の中庭でメイドを控《ひか》えさせ、夕方までずっと昼寝《ひるね》していたのを見たぞ？」

貴族の皆《みな》さん聞こえてますよ。

だが俺は、それらの囁《ささや》きを無視すると。

「俺はほら、貴族のダクネスと親しい間柄《あいだがら》だろ？　そんな俺からすると、その貴族から盗みを働く義賊とやらは、どんなに人気がある弱者の味方だといっても敵なわけだ。だって、次はダクネスの家が狙われるかもしれないし」

「お、おいっ！　当家は、義賊に狙われる様な後ろ暗い事はしていないぞ！」

律儀《りちぎ》にツッコむダクネスに、俺は拳《こぶし》を握《にぎ》って訴《うった》えた。

「なあダクネス、魔王の幹部ですら倒した俺達なら、きっと今回の件も解決できる。何せ、アクセルの街は元よりアルカンレティアや紅魔の里の危機も救ったんだ！　こうして王都にやって来たのも何かの縁《えん》。義賊といっても盗みは盗み。見逃《みのが》されていい訳がない！」

「そ、それはそうなのだが……。正義感とは無縁《むえん》のお前が、どうした風の吹《ふ》き回しだ？　いったい何を企《たくら》んでいる？」

納得《なっとく》いかなそうなダクネスが、うろんな視線を向けてくる。

「そこはほら、俺がちゃんと義賊を捕《と》らえたあかつきには、またこの城で養ってもらえると……」

「あ、あなたという人は……」

俺の言葉にクレアが呆《あき》れ、何かを言おうとしたその時だった。

「素晴《すば》らしい！」

貴族の一人が、俺に向けて拍手《はくしゅ》する。

それに続き、他の貴族達も次々と……。

「さすがはダスティネス様のお仲間だ！　ああ、いえ、もちろんわたくしは義賊の標的になる事などしてはおりませんが」

「魔王軍の幹部相手に渡《わた》り合ってきた男らしいぞ。彼なら賊の捕縛《ほばく》なんて朝飯前であろう」

「自分も特にやましい事などありませんが、賊が捕縛されるというのは喜ばしい事ですな！　ええ、狙われる覚えなどないのですが」

何て分かりやすい連中だ。

……だが、これで良い。

義賊の捕縛を理由に、このまま城に居座るのだ。

義賊を捕らえられれば大手を振《ふ》ってこの地に残れるし、褒美《ほうび》だって出るだろう。

捕らえられなくても、捜査が長引けば長引くほどに俺はアイリスと一緒《いっしょ》にいられる。

そのアイリスも、俺の後ろで期待に満ちた目を輝かせていた。

そうか、そんなに大好きなお兄様の活躍《かつやく》を見たいのか！

任せとけ、またしばらく城でゴロゴロした後、その内ちゃんと捕らえてみせるさ！

そんな俺を見て、クレアはしばし何かを考え込み、一つ頷《うなず》くと手を打った。

「分かりました。ではカズマ殿にはこの後、これはと思う貴族の家に泊《と》まり込み、そのまま張り込んで頂きます。そして、もし本当に賊の捕縛ができたなら、城への滞在《たいざい》も考えましょう。……皆も、カズマ殿への協力は惜《お》しまぬ様に！」


……えっ？

第三章

このイケメン義賊に天誅を！

1

あてが外れた。

俺としてはできるだけ捕縛を長引かせ、その分城に居座ろうと思っていたのだが。

一夜明けた、その日の朝。

「まったく、カズマったら面倒事《めんどうごと》に首突《つ》っ込まないと死んじゃうの？　こんな事に私達まで巻き込むだなんて。仕方ないから協力してあげるけど、もう私の事をとやかく言えないわね。まったく、カズマはまったく！」

「本当ですよ！　これからは、私達の事を厄介事《やっかいごと》ばかり引き起こすトラブルメーカー呼ばわりはできませんね！　まあ、私達は仲間なのでもちろん見捨てず協力してあげますが！」

昨日はパーティーでひたすら飲み食いしていただけの二人が、勝ち誇《ほこ》った顔でそんな事を言ってきた。

捕縛に協力して欲しいと頼《たの》んでいないのだが、こいつらに事情を話したら、ここぞとばかりに恩着せがましく協力を申し出てきたのだ。

今回の仕事は義賊の捕縛なので、正直この二人は要《い》らないのだが、いつになくやる気を見せているのでそっとしておく。

そして今、俺達は、義賊に狙われそうな悪徳貴族の最有力候補の下《もと》へとやって来ていた。

「──で、迷いもせずにワシのところに来たのか」

ここはアクセルの街の悪徳領主こと、アルダープの別荘《べっそう》である。

狙われるのは素行の良くない貴族ばかり。

となると、悪い噂の絶えないコイツが狙われてもおかしくないと、こうして来たのだが。

隣《となり》に護衛の男を引き連れ出迎《でむか》えたアルダープは、不機嫌《ふきげん》さを隠《かく》しもせず、遠慮《えんりょ》なくダクネスの身体《からだ》に舐《な》め回す様な熱い視線を送っていた。

エロネスの身体がエロいのは認めるし、風呂上《ふろあ》がりのダクネスには俺も視線を向けているので気持ちは分かる。

が、こうも不躾《ぶしつけ》に人の身体をジロジロ見るのも如何《いかが》なものか。

俺の視線に気付いたのか、アルダープはチラリとこちらを一瞥《いちべつ》する。

その視線はまず俺に向けられ、なぜかジッと冷たい目で見られた後。

そのまま興味も無さそうに、次はアクアへと。

そして、そのまま視線が動かなくなる。

アクアが小さく、ひぃと悲鳴を上げ、俺の後ろに身を隠した。

「……ほう。……ほう！　これはこれは、流石《さすが》ダスティネス様のお仲間、なんとお美しい！　たとえるならば……、そう！　まるで……女神《めがみ》の様な美しさだ！」

「まるでじゃなくて女神なんですけど！　女神なんですけど！」

アクアが、俺の背中から頭だけを覗《のぞ》かせて抗議《こうぎ》する。

「ハッハッ、お美しいだけでなく、冗談《じょうだん》までお上手とは！」

「あんた天罰《てんばつ》食らわせるからね！」

アクアが叫《さけ》ぶが、アルダープはそれすらも冗談だと受け取った様だ。

そして、次はめぐみんの方に視線を向け……、

「ほう、これはこれは」

何かを言おうとした時だった。

領主の隣にいた護衛の男が、何事かを耳打ちする。

遠くてあまり正確には聞き取れないが……、

「……様……お言葉には……気を付けを……。あれが噂《うわさ》の、頭の……」

「……あれが……！　危険で……のおかしな……！」

ぼそぼそと話していた領主の顔色が、サッと変わった。

「おい、私から目を逸《そ》らしたのはどういう了見《りょうけん》かを聞こうじゃないか。返答によっては
この私が、今そこの男が囁いた通りの人間かどうかを見せ付ける事になる」

「い、いやその……。おお、あなたもとても、可憐《かれん》な感じでお美しく……」

「ほう、それからそれから？」

アルダープはめぐみんに絡《から》まれながら、助けを求める様に俺を見てくる。

「……おい、日頃《ひごろ》アクセルの街を守っている功労者への褒《ほ》め言葉が少ないのでは？　今か
ら我が爆裂魔法《ばくれつまほう》の凄《すご》さを見せるので、ちょっとここの庭を貸してください」

「いや、あなたの素晴らしさは十分に分かったので！」

……このまましばらく放《ほう》って置きたい。

「し、しかしダスティネス様は、このワシが義賊《ぎぞく》に狙《ねら》われる悪徳貴族だと言いたいのですか？　それにあなたは、ワシの家になど泊まりたくもないものと思っていましたが、案外嫌《きら》われてはいなかったご様子だ。だがダスティネス様ともあろう方が、巷《ちまた》に流れる悪い噂を鵜呑《うの》みにされ、ワシに疑惑《ぎわく》を抱《いだ》いているのだとしたら心外ですな。もしこのワシが義賊に狙われる男だと思うのでしたら、どうぞ遠慮なく、いつまでもご滞在ください」

そんな嫌味《いやみ》と共に、ニヤリと笑い牽制してくるアルダープ。

「その様に、あなたに疑惑を抱くだなどと……。これはあくまで、調査の一環《いっかん》として……」

俺は、焦《あせ》った様に言い訳をするダクネスの、隣をすり抜《ぬ》け中に入った。

「いつまでもご滞在くださいって許可が下りたぞ！　俺の部屋は一番大きい客室な！」

「ずるいわよカズマ！　こういったものはちゃんと皆で話し合うべきだと思うの！　私は食堂に近い部屋がいいわ！」

「私は屋敷《やしき》の中で一番天辺《てっぺん》の部屋が良いです！　なんなら屋根裏部屋でも構いません！」

次々と屋敷に入る俺達の後ろで、ダクネスが一人、恥《は》ずかしそうに呟《つぶや》いた。

「……すいません、ご厄介になります……」

「あ、ああ、構いませんとも……。その、ダスティネス様も大変そうで……」

若干《じゃっかん》の憐《あわ》れみを込め、アルダープも呟いた。

──巷で噂の義賊は単独犯らしい。

特に評判の悪い貴族の家に盗《ぬす》みに入っては、手に入れた金を孤児院《こじいん》にばら撒《ま》く典型的な義賊だそうな。

しかも、かろうじて姿を捉《とら》えた目撃者《もくげき》によると、その賊《ぞく》はかなりのイケメンらしい。

ダクネスが物憂《ものう》げな表情で呟いた。

「義賊のやっている事は犯罪であり、褒められた事ではない。ないのだが……。正直言って、噂の義賊を捕《と》らえるというのも気が進まないな……」

アルダープの屋敷にて。

俺の部屋として確保した一番良い客室で、皆《みな》が集まり、例の義賊対策が練られていた。

「そうはいっても盗みは盗みだ。俺は、弱者の味方だとか、困っている庶民《しょみん》を救うだとか、そういったご大層な大義名分を掲《かか》げるイケメンが大っ嫌いだ」

俺がキッパリと言い放つと、ダクネスとめぐみんが微妙《びみょう》な表情でこちらを見る。

「……なんというか。お前の顔も、そこまで捨てたもんじゃないからあまりいじけるな。以前から感じていたが、イケメンという言葉に何かコンプレックスでもあるのか？　なんなら私が話を聞いてやるぞ？」

「私は、カズマはそこそこ格好良い顔立ちだと思いますよ？　そこまで自分を卑下《ひげ》する事もないと思います」

「や、止《や》めろよ、なんで急に優《やさ》しいんだよ。自分がちっぽけに思えてくるから止めてくれよ。……なんだよアクア、いつになく真面目《まじめ》な顔して何のつもりだ？」

ただ一人アクアだけが、俺に優しい微笑《ほほえ》みを向け。

「汝《なんじ》、迷える引き籠《こ》もりよ。あまり自分を責めるなかれ……。頑張《がんば》れないのは世間が悪い、性根《しょうね》が悪いのは環境《かんきょう》が悪い、見栄《みば》えが悪いのは遺伝子が悪い。自らを責めず、他人のせいにするが良い……」

「ふざけんな、俺はそこまで自分を卑下してねーよ！　見てくれはともかくとして性格の方は……、おい止めろよ、何で皆して微妙な顔で苦笑《くしょう》するんだよ！　大体、俺は外見も標準レベルを維持《いじ》してるぞ！　止め……、おい止めろよ、寄ってたかって優しくすんな！」

俺はいつになく優しい三人を追い払《はら》うと、義賊確保のための作戦を練る事にした。

例の義賊は深夜から明け方にかけて活動しているらしい。

この世界に来て、そこそこの修羅場《しゅらば》をくぐり抜けた俺の勘《かん》が、次はこの屋敷が狙われると告げている。

この屋敷には、長期滞在する事になりそうだ。

2

——この屋敷に泊《と》まる事になった、その翌日。

あてがわれた部屋を出た俺は、屋敷内をうろついていた。

義賊の侵入《しんにゅう》経路や目的の場所を調べるためだ。

自分が賊になったつもりで、まずは屋敷の外から観察する。

おっと、一階にあるキッチンの窓にガタがきてるな。

アルダープが修理費をケチっているのか、壊《こわ》れた窓枠《まどわく》は素人《しろうと》が釘《くぎ》を打ち付けた程度の簡単な補強がされてるのみだ。

うむ、俺ならここから侵入するな。

一旦《いったん》屋敷に戻《もど》ってキッチンに入った俺は、窓から侵入した賊の気持ちを想像する。

侵入するなら深夜だろう。

となると廊下《ろうか》も真っ暗のはず。

暗視が可能なスキル千里眼は、アーチャー職と冒険《ぼうけん》者のみが習得可能なスキルだ。

となると、賊は暗闇《くらやみ》の中手探《てさぐ》りで、壁《かべ》沿いにゆっくり進む……。

脳内で賊のシミュレーションをしながら進んでいくと、こぢんまりとした部屋に着いた。

一見何も無さそうな部屋だが、俺が賊なら一応中をあらためるな。

そう思い、ドアを開けると……。

「む？　なんだお前か。どうした、ここには何もないぞ？　あまり用も無いのに屋敷の中をウロウロするなよ」

なぜかそこにいたのはアルダープだった。

確かにこの部屋は、アルダープの言葉の通り、壁にデカい鏡が張り付いているだけで、それ以外には何も無かった。

だが、こんな部屋でこのおっさんは何をしているのか。

それを疑問に思っていると、アルダープがバケツとタオルを持っている事から、部屋の掃除《そうじ》をしていた事に気が付いた。

使用人がいるのに掃除……？

俺が不思議そうにしていると、壁に張り付けてある大きな鏡に影《かげ》が映る。

それは……。

「あれっ？　何だこの鏡、何かの魔道具《まどうぐ》か？　マジックミラーみたいになってんのか？」

鏡に映ったのはこの屋敷のメイドさん。

どうやら隣は浴場になっているらしく、メイドさんは風呂掃除《そうじ》に来たらしい。

俺はメイドさんを見ているのだが、向こうからはこちらに気付く様子がない。

……おい。

「おっさん。あんたひょっとして、その鏡を磨《みが》きにきたのか？」

俺の言葉に、アルダープは気まずそうに顔を背《そむ》け、ポツリと言った。

「……い、一緒《いっしょ》に見るか……？」

「そんな言葉に俺が乗せられるわけないだろ。まったく、ダクネスが泊まる事になったから鏡を手入れしに来たのか。男としてその気持ちは分からなくもないが……。せめてもの情けだ、俺の仲間達にはこの部屋の事は内緒《ないしょ》にしといてやる。その代わり、俺達が滞在《たいざい》してる間はこの部屋は使わせないからな？　念のため、この部屋には俺が寝泊《ねと》まりするから。ほら、出てった出てった」

そう言ってシッシと手をやると、アルダープは悲しそうに肩《かた》を落として出て行こうと……。

して、ハタと立ち止まった。

「待て。お前がこの部屋を使うという事は……」

「おいそこまでだ、ゲスな勘ぐりは止めてもらおうか！　あんたと一緒にすんな！　俺は仲間を守るためにこの部屋で寝泊まりするだけだ！」

「それなら、何もこの部屋で寝泊まりせずとも仲間が入浴している間だけワシの監視《かんし》をしていればいいだろう！　ほら、貴様もこの部屋から出るのだ！　お前の様な小僧《こぞう》にララティーナの裸《はだか》を拝ませてなるものか！」

「残念、俺は既《すで》にダクネスと一緒に風呂《ふろ》に入った事があるのでした！　それはともかく、貴重な時間を割《さ》いておっさんの監視なんてしたくないんだよ！　こんな部屋がありましたって、ダクネスはおろかメイドさん達にまでバラされたいのか！　これはお互《たが》いが幸せになれる取引だ、この屋敷の女性陣《じん》に嫌われたくなければ大人しく黙《だま》ってろよ！」

「ウチのメイド達に告げ口するなら勝手にしろ！　あいつらには高給を払っているのだ、メイドにとってはセクハラされるのも仕事の内だ！　だがやつらは脱《ぬ》いだら凄いぞ？　興味はないか？　……どうだ、お前こそワシと取引しないか？　何だかお前からは同類の匂《にお》いがするのだ。ここは仲良く男同士、幸せになろうではないか」

「……そ、そんなに凄いの？」

「おう、それはもうすんごいぞ」

…………。

俺が無言で手を差し出すと、アルダープがその手を握《にぎ》ろうと……、

「面白《おもしろ》そうな話だな。一体何がすんごいのかを聞こうではないか」

した瞬間《しゅんかん》。ドアの方から聞き慣れた声が掛《か》けられ、慌《あわ》てて手を引く。

それが誰《だれ》かを確認《かくにん》するまでもなく、俺とアルダープはお互いを指差した。

「「コイツが覗《のぞ》きをしようと……！」」


マジックミラーは叩《たた》き割られた。


――この屋敷に護衛として泊まり込み、三日が経《た》つ。

今のところ賊は現れず、アクセルの街と変わらない平穏《へいおん》な日々が続いている。

王都に来てからというもの、アクアとダクネスはしょっちゅう出かけ、この屋敷の中ではあまり姿を見ない。

アクアは、王都で幅《はば》を利《き》かせているエリス教を駆逐《くちく》してやると言って出歩き、布教活動という名の迷惑行為《めいわくこうい》を繰《く》り返している。

ダクネスはといえば、連日城の貴族達に誘《さそ》われ、貴族としての交流を深めている様だ。

そんな中、俺はといえば――

「おやカズマ、おはようございます。といっても、もうお昼過ぎなのですが」

目を覚ました俺が食堂に顔を出すと、そこには昼食を摂《と》るめぐみんがいた。

「俺は、賊の侵入に備えてわざと遅《おそ》くまで起きてるんだよ。別に自堕落《じだらく》な生活を送っている訳じゃないぞ。……それにめぐみんだって、俺がいない間に毎日夜更《よふ》かししてたそうじゃないか」

「!? そ、それはまあ確かに夜更かししてましたが！　私の場合は、起きるのも早かったですし！　そんな事よりも、賊が来る気配はあるのですか!?」

いつになく慌てた様子のめぐみんが、囓《かじ》りかけのパンを手に言ってくる。

何これ、ラブコメみたい。

「何慌ててるんだよ。ひょっとしてダクネスが言ってた様に、本当に俺の心配してくれてたのか？　案外可愛《かわい》いとこがあるじゃないか」

俺がニヤニヤしながらからかうと、めぐみんはほんのりと頬《ほお》を赤らめ。

「……そ、それはまあ、心配もしますよ。カズマは弱っちいクセに、普段《ふだん》から厄介《やっかい》事に巻き込まれやすい体質ですし。しかも物語の主人公の様に、ピンチになると都合良く助かる事もなく、簡単に死にますし」

「お、俺だって好きで厄介事に巻き込まれてる訳じゃないし、死にたくて死んでる訳でもねーよ！　おい止めろよ、急にそんな殊勝《しゅしょう》な態度を取られたら、俺だってどうしていいか分かんなくなるだろ⁉」

思わぬ逆襲《ぎゃくしゅう》に慌てていると、めぐみんがくすくすと笑いだした。

「里では、私にあれだけの事をしようとしたクセに。カズマこそ、案外可愛いとこがあるんですね」

そう言って、俺にからかわれた仕返しとばかりにニヤニヤしている。

くそう、コイツだって恋愛《れんあい》経験はないはずなのに、どうしてこうも手玉に取られるのか。

そういや俺達って、今はどんな関係なんだ？

めぐみんが俺に言った、好きって言葉はどんな意味を持ってるのだろう。

そのまんまの意味で受け取り俺も好きだなんて言えば、『そんなつもりじゃなくて、友達としての好きって意味で……』とかそんな事を言われるのだろう。

日本に溢《あふ》れていた漫画《まんが》やラノベでは、こいつらどう考えても両想《りょうおも》いだろ、とっとと付き合っちまえよと、まどろっこしい展開を見てはイライラしていた。

が、実際に同じ様な立場になるとこれは辛《つら》い。

今までの心地《ここち》好い関係が崩《くず》れるのが怖《こわ》くて、一歩踏《ふ》み出すのを躊躇《ためら》ってしまう。

そもそも、俺はコイツの事が好きなのだろうか。

思春期の男子なんて単純なのだ。

手を握られたり気のある素振《そぶ》りを見せられただけで、簡単に気になり、好きになってしまう。

俺が悶々《もんもん》としていると、いつの間にか食事を終えためぐみんが。

「カズマ。朝ご飯を食べ終わったら、私とデートしませんか？」

サラッとそんな事を言いながら、笑いかけてきた。


——王都の傍《そば》に広がる山岳《さんがく》地帯にめぐみんの声が響《ひび》き渡《わた》る。

「『エクスプロージョン』——ッ!!」


こんなこったろーとは思ってたよ！

デートに誘われた俺は、めぐみんが爆裂魔法《ばくれつまほう》を放てる場所を求め王都の外に出たのだが。

「見てください、今の爆裂魔法を！　破壊力《はかい》といい、魔法の効果範囲《はんい》といい、今日もキレッキレですよ、キレッキレ！」

「はいはい、爆裂魔法凄《すご》いですね。こらっ、おんぶし辛《づら》いから興奮して暴れるな！」

「そうは言ってもですね、粉々になった岩石の山をこの目で見ない事には……！」

紅魔の里から帰ってからというもの、めぐみんの爆裂魔法に対する情熱は、特に磨きがかかっていた。

貯《た》め込んでいたスキルポイントで爆裂魔法に更《さら》なる強化を施《ほどこ》した今、このロリっ子から放たれる魔法の威力《いりよく》は、人類の災厄《さいやく》クラスの物と化していた。

アクセルの街の住人にとっては、一日一回の爆裂魔法の轟音《ごうおん》など、既に街の風物詩的なものとして捉《とら》えられ、今更《いまさら》動じる人もいない。

が、ここ王都ではそうもいかず、アルダープの下《もと》に苦情が殺到《さっとう》しているそうな。

というか、王都にやって来て数日しか経っていないのに、既にめぐみんの名が街中に知れ渡っているらしい。

俺が紅魔の里でめぐみんの冒険《ぼうけん》者カードをいじって以来、コイツは今まで溜《た》め込んでいた悩《なや》みが解消されたかの様に吹《ふ》っ切れ、完全に自重しなくなっている。

紅魔の里で、俺はどうしてあんな事をしてしまったのだろう。

めぐみんを背負った俺は、ため息と共に呟《つぶや》いた。

「やっぱ上級魔法を覚えさせとけば良かった気がする……」

「今聞き捨てならない事を言いましたね!?　あの時のカズマの行動とセリフには、凄《すご》く感動したのに！」

ギャイギャイと背中で騒《さわ》ぐめぐみんをあしらいながら、俺はアルダープの屋敷《やしき》に帰った。


――この屋敷に滞在して一週間。

相変わらず賊《ぞく》は来ない。

「ちょっと！　水の女神《めがみ》を舐《な》めるんじゃないわよ、お酒に関してはごまかされないわよ！　書斎《しょさい》に高いお酒があったでしょう⁉　ほら、早くアレを持ってきて！」

この一週間で、アルダープの所有する酒を片っ端《ぱし》から飲み尽《つ》くしていくアクア。

「……と、そこで私の爆裂魔法が炸裂《さくれつ》したわけですよ！　憐《あわ》れ、魔王《まおう》軍幹部ハンスは木っ端《ぱ》みじんになったのです！　続いては、魔王軍幹部シルビアとの戦いにおいて、私がいかに活躍《かつやく》したのかを……」

屋敷内の使用人はおろか、アルダープですら捕《つか》まえて、自らの武勇伝を半日以上語るめぐみん。

そして――

「メイドさーん、メイドさーん！　いつものマッサージを頼《たの》むよ！　あ、今日の晩飯は白毛牛のすき焼きがいいな。それと、注文しておいたキングサイズのベッドとフカフカの羽《う》毛布団《もうぶとん》が届くから、俺の部屋に設置しといてくれー！」

俺はといえば、すっかり我が家のごとく順応していた。

ここのところ、皆《みな》で応接間に集まりゴロゴロする毎日を送っている。

城に戻《もど》れないならここでずっとご厄介になるのも良いかもなあ。

……そんな俺達を呆然《ぼうぜん》と眺《なが》めながら、ここ数日でちょっと痩《や》せた感のあるアルダープが、疲《つか》れた声で呟いた。

「ダスティネス様……」

それを受け、応接間の隅《すみ》っこで小さくなっていたダクネスが、ビクリと震《ふる》える。

「その、どうぞ遠慮《えんりょ》なく、いつまででもご滞在《たいざい》くださいと言っておいて何なのですが……」

「皆まで言わなくても大丈夫《だいじょうぶ》です！　すぐに出て行かせますので！」

ダクネスが、泣きそうな顔で恥《は》ずかしそうに頭を下げた。

3

――草木も眠《ねむ》る丑三《うしみ》つ時。

「参ったなあ……。絶対この家が狙《ねら》われると思ったのに……」

それは、アンデッドやニートが最も活発になる時間帯。

昼間たっぷりと睡眠《すいみん》をとったせいで眠れなくなった俺は、腹を空《す》かしてキッチンへと向かっていた。

しかし困った。

これだけ悪評ばかりのアルダープが狙われないのはどういう事だ。

ここで都合良く義賊《ぎぞく》を捕縛《ほばく》し手柄《てがら》を挙げ、それを土産《みやげ》に城へと戻る計画が……。

明日にはこの家を出て行く事になった以上、張り込みもこれまでだ。

俺達が張り込んでいるのを見破られたのか？

というか、俺の運が良いという話はどこにいったのだろう。

そういえば、聞いた話によるとエリス様は幸運を司《つかさど》る女神らしい。

あれだろうか、エリス教徒であるダクネスをからかい過ぎた俺に、エリス様が嫌《いや》がらせでもしているのだろうか。

それとも、例の義賊の運がよほど良いのか……。

と、キッチンへ向かった俺は、そこに先客がいるのに気が付いた。

気配はするのに、キッチン内に明かりが付いていない。

となると、こんな時間にそこにいるのは――


……俺以上の暗視能力を持ち、俺と同じ生活サイクルを送っているアクアだな。

アイツの事だ、キッチンにつまみになる物でも探しに来たのだろう。

俺は声を掛《か》けようと……。

「見張りもいないなんて、考えすぎだったかな？　何だか嫌な予感がして、ずっとこの屋敷は避《さ》けてたんだけどな……」

闇《やみ》の中でぼそりと聞こえたのは、凄く小さな独り言。

ここを出て行く最後の日に、どうやら当たりがやって来たらしい。

幸運の女神エリス様、感謝します！

「……？　今、何だか妙《みょう》な気配を感じたような……」

おっといけない。相手は義賊だ、きっと盗賊《とうぞく》職だろう。

敵感知スキルでも使って、俺の気配を探《さぐ》られたのかもしれない。

俺は無意識の内に発動させていた潜伏《せんぷく》スキルを頼《たよ》りに、暗闇の中壁《かべ》に張り付き、そのままジッと固まっていた。

「気のせいかな……？」

小さな呟きと共に、暗闇の中をソロソロと移動し始める侵入者《しんにゅう》。

手探りで移動している事から、やはり暗視スキルなどは持ち合わせていないらしい。

俺は侵入者の後をつけ、距離《きより》を詰《つ》めながらある事に気が付いていた。

「さて、『宝感知』……っと。ふむふむ、こっちの方か……」

この独り言の多い侵入者は——

「確保——ッ！」

「ッ!?」

侵入者を抱《だ》きすくめると同時に、伝わってくる柔《やわ》らかい手応《てごた》え。

そう、この賊は女だった。

「——さあ、神妙《しんみよう》にしろっ！　ふははは、巷《ちまた》を騒がす賊め、どうやら相手が悪かったな！　そこらのぼんくらならともかく、魔王軍幹部を相手どってきたこの俺から逃《に》げられると思うなよっ！」

「やめっ!?　ちょっ、待っ……!?　ってキミ、その声もしかして……！」

……？

なんだろう。俺も、この賊の声はどこかで聞き覚えがある様な。

「ひょっとしてカズマ君!?　っていうか、ちょっ、ねえキミ、今凄いとこ摑《つか》んでるんだけど！」

「いや、侵入者を捕まえてるだけだから……って、お前もしかして……」

俺の暗視能力では顔の確認《かくにん》まではできないが、相手の正体に気が付いた。

「あたしだよ！　ダクネスの親友で、キミにスキルを教えた事がある……！」

侵入者は、口元を布で隠《かく》したクリスだった。

4

名残惜《なごりお》しいが、クリスを捕まえていた手を離《はな》す。

ウィズの店でもらったライターに火を灯《とも》すと、ほのかな明かりの中、涙目《なみだめ》で自分の体を抱き締《し》めるクリスが浮《う》かび上がった。

「うっ……うっ……。体中まさぐられた……。もうお嫁《よめ》にいけない……」

「仕方ないだろ、賊だと思ったんだから。捕縛するのに丁度良いスキルが無かったんだよ。裁判したって絶対に勝つ自信があるからな」

「後であたしが、バインドっていう便利なスキルを教えてあげるよ……」

俺はメソメソしているクリスをあらためて観察する。

黒のスパッツと黒シャツ姿のクリスは、口元までも黒い布で隠していた。

こんな格好で侵入してきたって事は、もちろん……。

「クリスが噂《うわさ》の義賊だったのか」

「そうだよ。っていうか、どうしてキミがこんなところにいるのさ？」

俺がかいつまんで事情を説明すると、クリスが表情を引き攣《つ》らせた。

「こ、この屋敷にダクネスがいるの⁉　マズイ、マズイよ、こんな事してるってバレたら怒《おこ》られるって！」

「そりゃあ仕方ないだろ。義賊っていったって、やってる事は犯罪だぞ？　まあ、こっちにはダクネスが付いてるんだ。素直《すなお》にごめんなさいすれば命までは取られないだろ。悪い事は悪い事だ、ちゃんと罪を償《つぐな》ってこい」

「待って！　違《ちが》うんだよ、これには訳があるんだってば！」

クリスが慌《あわ》てて言ってくるが、俺にだって事情がある。

今は手柄が欲しいのだ。

それに、ダクネスの友人って事になればそう簡単には処刑《しょけい》もされまい。

被害《ひがい》にあった貴族達も盗《ぬす》まれたのは後ろ暗い金だ、あまり大っぴらな裁判になるのは困るだろう。

そこら辺を上手《うま》く突《つ》ければ、示談で済みそうな気がする。

そんな事を考えていると、こちらに向かって駆《か》けてくる音が聞こえてきた。

流石《さすが》に騒ぎ過ぎたらしい。

と、床《ゆか》に座り込んでいたクリスが、覚悟《かくご》を決めた様に顔を上げた。

「しょうがない、キミには本当の事を話すよ。それにダクネスだって、話せばきっと理解してくれるだろうし、協力だってしてくれるはず！」

その決意に満ちた顔を見て、俺は嫌な予感を覚えた。

そう、この流れは——

「実は、貴族の家に盗みに入っていたのには訳があるんだよ。というのも……」

また大変な厄介《やっかい》事に巻き込まれる、いつもの流れだ！

「待て、止《や》めろ聞きたくない！　っていうか、ダクネスにも言わなくていい！」

慌てて止めた俺に、クリスは不思議そうに首を傾《かし》げた。

ダクネスに話をされるのも困る。

頭の固いダクネスが、何か大変な事が起こっていると知れば放《ほう》っておくはずがない。

今の俺は確かに手柄が欲しいが、まず安全で低リスクな事が前提としてある。

この流れは絶対にヤバい話が出てくると、何度も厄介事に巻き込まれた俺の勘《かん》が告げていた。

「え？　で、でも……」

「いいから！　ほら、人が来る前にとっとと逃げろ、見逃《みのが》してやるから！」

そう言ってキッチンの方にクリスを押しやる。

「い、いや、その……。ねえキミ、協力して欲しい事が……」

「聞きたくない聞きたくない！　っていうか、よく考えろよ!?　今からここに来るのは好色で悪名高いあの領主だ！　捕《つか》まったクリスを見たら、そりゃもう……」

「きょ、今日のところは引き揚《あ》げるよ！　事情は、また後で話しに来るから！」

「もう来なくていい！　あっ、それよりも俺にバインドをかけてくれ！　そうすりゃ、賊《ぞく》に逃げられたって言い訳できるから！」

「わ、分かった！　それじゃいくよ！　『バインド』ッ！」

クリスがロープを手に持ち一声叫《さけ》ぶと、俺の身体《からだ》が拘束《こうそく》される。

クリスはそのまま駆け出すと、キッチンの窓から夜の闇に消えていった。

「——カズマ、無事かっ⁉」

最初に駆け込んできたのはランタンを手にしたダクネスだった。

その後に続き、アクアやめぐみんもやってくる。

「これは……！　カズマ、バインドを食《く》らったのですか⁉　侵入してきた賊はどうなりましたか⁉」

「残念ながら、後一歩のとこで逃げられた！　この俺とした事が不覚をとったぜ……！」

ロープで拘束された俺は、悔《くや》しげに嘯《うそぶ》いた。

「逃げられたか……。だが、それも仕方がない。何せ、警備の厳重な貴族の屋敷《やしき》を次々と荒《あ》らしてきた相手だ。それより怪我《けが》はないか？　賊はどんなヤツだった？」

ダクネスが俺の傍《そば》に屈《かが》み込み、拘束を緩《ゆる》めようと頑張《がんば》っているが、スキルによる拘束なのでそれも適《かな》わない。

「賊は怪《あや》しげな仮面を被《かぶ》った男だったな。恐《おそ》ろしい手練《てだ》れだ、下手《へた》すれば魔王《まおう》軍の幹部なんて目じゃないヤツかもしれないな」

「そ、そこまでの相手だったのですか⁉」

俺の言葉にめぐみんが、驚《おどろ》きの声を上げる。

と、それまで黙《だま》っていたアクアが、ススッと俺に近寄ると。

「……ところでカズマ。ミノムシみたいな格好だけど、今って身動き取れないの？」

俺の傍に屈み込み、そんな事を聞いてきた。

「見れば分かるだろ、後一歩のとこまで追い詰めたんだが、バインドスキルで搦《から》め捕《と》られたんだ。そうだ、お前の魔法《まほう》で解除とか出来ないか？　結界解いたり色々できるじゃんか」

「私を誰《だれ》だと思ってるの？　もちろんできるに決まってるじゃない」

アクアが、ニコニコしながらそんな事を。

「流石アクア、いざって時は頼りになるな！　なら早く解除してくれ、身動き取れないのって結構辛《つら》いんだよ」

ちょっとだけ嫌《いや》な予感がした俺は、普段《ふだん》より友好的にアクアに頼《たの》んだ。

「ねえカズマ。こんな時になんだけど、私、あなたに謝りたい事があるの」

「……何だよ、言ってみろよ」

本当に嫌な予感がする。

「あのね？　カズマがいつまで経《た》ってもお城から帰って来なかったから、暇潰《ひまつぶ》しにカズマの部屋を漁《あさ》ってみたの。それでね？　カズマが作りかけてたフィギュアっぽいの、弄《いじ》って

たら壊《こわ》れちゃって」

こいつ売り物に何してくれてんだ、拘束が解けたら引っ叩《ぱた》いてやりたい。

だが今の状況《じょうきょう》は色々不利だ、仕方ない。

「い、いいよそんなの、また作ればいいんだし。謝ってくれれば気にしないさ。それより、早く拘束を……」

「許してくれるの？　なら、他《ほか》にもあるんだけど今の内に全部言っちゃうわね！　実はその時、どうせこの部屋使ってないんだからいいわよねって思って、カズマの部屋でお酒飲んでたの。ほら、自分の部屋だと、飲み終わったらおつまみとかお酒の瓶《びん》の掃除《そうじ》が面倒《めんどう》じゃない？　で、その時に酔《よ》っ払《ぱら》って、他にも色々壊しちゃったのよ」

表情だけは申し訳なさそうな顔をしながら、アクアは小首を傾げて言ってくる。

「ごめーんね！」

張り倒《たお》してやりたい。

身動き取れない今の状況で謝ってくる辺り、こいつ完全に確信犯だ。

だがここで大人気なく罵《ののし》れば、身動き取れない今、何をされるか分からない。

「い、いいさ、俺とアクアの仲じゃないか。帰らなかった俺が悪いんだしな！　さあ、それより早く、この拘束を……」

と、アクアを押しのけたダクネスとめぐみんが。

「ほう。今、あらためて気付いたが……！」

「これは、また随分《ずいぶん》と楽しそうな状況ですね！」

ランタンで照らされる明かりの下で、その表情をニヤリと歪《ゆが》めた。

――薄暗《うすぐら》いキッチンに、騒《さわ》ぎを聞きつけたアルダープが、護衛を引き連れ飛び込んでくる。

「これは一体何事だ！　例の賊が侵入《しんにゅう》したのか……、ほ、本当に何事だ!?」

そして、入ってくるなり俺の姿を見て、動きを止める。

俺はアルダープを見るなり悲鳴を上げた。

「助けてえ！」

そんな俺を見下ろしながら、ダクネスが実に楽しそうに。

「助けてえではないだろう！　ほら、言ってみろ！　ここ最近調子に乗ってすいませんと言ってみろ！　この私に迷惑《めいわく》ばかり掛《か》けてごめんなさいと言ってみろ！　恥《はじ》をかかせてごめんなさいと言ってみろ!!」

「ごめんなさい！　迷惑掛けてごめんなさい！　恥をかかせてごめんなさい!!」

「カズマの口からもう一度、あのセリフを聞かせてください！　ほら、あの時の格好良いセリフを！　何点ですか？　私の爆裂《ばくれつ》魔法は何点なんですか？」

「止めてくれ！　ああいうのは一回しか言わないから良いんだよ！　何度も言わせるなよ恥《は》ずかしいから！」

「いいから言ってください、ほらほら、恥ずかしがってないで言ってください！」

「ふははははは、たまには逆の立場というのも良いものだ！　さあ、続いては……！」

俺は嫌っていた男に向け、泣きながら助けを求めた。

「アルダープ様ー!!」

5

——翌朝。

俺達は昨日の件を報告するため、城へとやって来ていた。

そこは謁見《えっけん》の間と呼ばれる城の最奥《さいおう》。

「なるほど。あれだけ自信有り気だった賊の捕縛《ほばく》に失敗したのですか」

そこで、俺はクレアから辛辣《しんらつ》な言葉を投げられていた。

謁見の間の奥の玉座には、遠征《えんせい》中の王様の代理としてアイリスが座っている。

まさか、俺達の知り合いの冒険《ぼうけん》者が義賊《ぎぞく》やってましたとも言えず、俺は架空《かくう》の犯人像をでっち上げていた。

いわく、仮面を被った凄腕《すごうで》の怪盗《かいとう》だった、と。

「いや、完全な失敗とは言えないんじゃないかな！　この俺がいなかったら、今頃《いまごろ》アルダープのおっさんはお宝ぶん盗《ど》られていただろうしな！」

それを聞いた貴族達がざわめいた。

ヒソヒソと交《か》わされる会話の中身は、思ったより大した事ないだのといった声が多い。

「……ふむ。まあ良いでしょう。魔王軍の幹部と渡《わた》り合ってきた、カズマ殿《どの》の言葉です。嘘《うそ》発見の魔道《まどう》具を使うまでもない。ええ、その義賊とやらはきっとよほどの相手だったのでしょうね」

コイツ、俺の言う事が胡散臭《うさんくさ》いと疑ってるな。

クレアの、どことなく小バカにしたセリフを聞いて、俺の後ろにいためぐみんの空気が変わった。

何かしようとするめぐみんをダクネスが慌《あわ》てて止める中、アイリスが玉座から立ち上がり。

「その……。何にしてもご苦労様でした！　あなたは義賊逮捕《たいほ》に失敗したのではなく、義賊の盗《ぬす》みを防ぐ事に成功したのです、何者にも責められるいわれはありません！」

顔を赤くして拳《こぶし》を握《にぎ》り、そんな事を……。

俺がアイリスに対して軽く感動を覚えていると、クレアが苦々しい表情で。

「寛大《かんだい》なアイリス様がこう仰《おお》せだ。貴族が集まった場であれだけの大言を吐《は》き失敗したのだから、本来なら何らかの罰《ばつ》があるものですが、アイリス様のお慈悲《じひ》に感謝するのですね。……捕縛に失敗したあなたをこれ以上城に置く理由もない。さあ、立ち去られよ！」


——謁見の間から城を出る間に、俺を見かけたメイドさんや執事《しつじ》達の態度がよそよそしいものになっていた。

どうやら彼らにも俺の失敗が伝わったらしい。

俺が大した事ないヤツだと完全にバレてしまった。

「まあ何だ、今回の事は気にするな。お前はよくやった。アイリス様のおっしゃる通り、賊の犯行を防いだのも事実だからな。だが、もう帰ろう？　街に帰ったら、しばらくは働けとも言わん。バニルのヤツから大金を得るのだろう？　少しゆっくりするが良いさ」

「カズマ、もう気が済んだでしょう？　アクセルの街に帰りましょう。別にこの城じゃなくても、アクセルの屋敷でゴロゴロすればいいじゃないですか」

ダクネスとめぐみんが、そんな事を言って慰《なぐさ》めてくる。

……俺だって、別にこの城でニート生活を送る事に、そこまで固執《こしつ》している訳じゃない。

ただ、12歳の子供のクセに、ワガママも言わず、じっと我慢《がまん》するアイリスが。

あのだだっ広い城で寂《さみ》しげにしているアイリスが、何となく気になっただけなのだ。

……でも、身分も違《ちが》い大した接点もない俺が、これ以上王都に残っていても、あの子のために何かしてやれるのだろうか。

残念な事に、今の俺には打つ手が思い浮《う》かばない。

俺はそびえ立つ城を振《ふ》り返ると、自分の力の無さを実感し、ため息を吐《つ》き。

「……一旦《いったん》帰るか……」

その言葉に、ダクネスとめぐみんがホッとした表情を見せた。

……俺が王都にいると、また何かに巻き込まれるとでも思ってんのか。

「ねえカズマ、帰るのなら明日《あした》にしない？　どうせならお土産《みやげ》を買いたいの。王都には良いお酒がたくさんあるのよ。ねえ、どうせ暇《ひま》なんでしょ？　一緒《いっしょ》に買い物に付き合ってよ」

相変わらず空気を読まないアクアが唐突《とうとつ》に言ってきた。

6

「王都のお酒も、噂《うわさ》で聞いてたほど大した事はなかったわね。これなら、アクセルの街のマイケルさんのお店の方がよっぽど良いお酒が置いてあるわ」

「誰だよマイケルさんって。ていうかお前、着々と街に知り合い増やしてるよなあ。こないだ、屋敷《やしき》に肉屋のおっさんが来て、怪我《けが》を治してくれたお礼にって言って高級な肉を置いてったぞ」

アクアのワガママにより、結局俺だけが王都での買い物に付き合わされる事に。

ダクネスとめぐみんには、今日の宿を探しに行ってもらっている。

こいつの無神経さを、周囲に気を遣《つか》ってばかりのアイリスに見習わせたいところだ。

「ねえ、それ初めて聞いたんですけど。そのお肉、渡してもらった記憶《きおく》が無いんですけど」

「お前とめぐみんは丁度屋敷にいなかったからな。昼飯がまだだったから、ダクネスに料理してもらって二人で食った」

と、襲《おそ》い掛かってくるアクアと、手四つの体勢で組み合っていると。

「あれっ？　こんな所で奇遇《きぐう》ですねアクア様！」

俺達は、背後から突然《とつぜん》声を掛けられた。

そこにいたのは、魔剣《まけん》使いのソードマスター。

久しぶりに変なヤツに会ったなあ……。

確かマツルギという名の、俺と同じく日本から来た男だ。

取り巻きの女の子が二人ほどいたはずだが、今日は一人の様だった。

アクアが、若干《じゃっかん》戸惑《とまど》いながら。

「……だ、誰《だれ》？」

自分で送り出しておいたクセに、もう存在を忘れていたらしい。

マツリギは、それを聞いて可笑《おか》しそうに吹《ふ》き出して。

「相変わらず、冗談《じょうだん》がお好きですねアクア様」

だがアクアは、何となく俺の背中に隠《かく》れながら。

「ねえカズマ、この人誰？　随分と馴《な》れ馴れしいんですけど……」

囁《ささや》く様に、俺に向かって尋《たず》ねてくる。

「あ、あの、僕ですよ？　あなたに魔剣を与《あた》えられ、この世界を救うべく選ばれた者。ソードマスターの……」

「この人はカツラギさんだよ。以前会ったろ」

「だっ、誰だそれは！　ミツルギだ！　人の名前ぐらいちゃんと覚えておいてくれ！」

額に青筋立てて怒鳴《どな》るミツルギ。

アクアはミツルギと言われてもまだピンと来ていない様だ。

一応デストロイヤー戦の時とかも、顔ぐらいは合わせてるんだが。

「ミツルギじゃ分かんないか？　魔剣の人だよ魔剣の人」

その言葉でようやく思い出したのか、アクアがポンと手を打った。

流石《さすが》にミツルギも、冗談ではなく本気で忘れられていた事に気付いた様だ。

「……お、おい佐藤和真《さとうかずま》……。君は、僕の名前を本気で間違《まちが》えたんじゃないよな？　試《ため》しに、僕の下の名前を呼んでくれないか？」

「まだ俺達、下の名前で呼び合うほど仲良くないし」

「キョウヤだ！　覚えてないなら素直《すなお》にそう言ってくれ！　ミツルギキョウヤだ、覚えておいてくれ！」

声を荒《あら》げるミツルギは、やがて手をこめかみにやりながら頭《かぶり》を振る。

やがて気を落ち着ける様に息を吐き。

「……まったく、やはり君とは決着を付けておかないといけない様だ。あれから僕も腕《うで》を上げている。今度はあんな無様な真似《まね》はしない！　さあ、僕ともう一度」

「お前は何を言ってんの？　決着ならもう付いてんだろ、俺が勝ったじゃないか。そして俺はもう再戦はしない。このまま、駆《か》け出し冒険者の頃《ころ》にお前に勝ったという事実を抱《だ》いて、勝ち逃《に》げさせてもらう」

「……君は……」

ミツルギが少しだけ寂《さび》しそうにしているが、真っ当にやりあったら魔剣持ちの上級職に勝てる訳がない。

と、ため息を吐いていたミツルギが。

「……まあいい。そんな事よりも、ここで出会ったのなら丁度良い。君達に話があるんだ」

急に真面目《まじめ》な顔で言ってきた。


——俺とアクアは、街中の喫茶店《きっさてん》にてミツルギと向かい合っていた。

一通りの注文を終えたミツルギが、テーブルの上に両手を組んで若干前屈《まえかが》みになる。

「じゃあ、改めて。……と、その前に、アクア様に渡したい物があるんです」

言いながら、ミツルギが何かを取り出した。

それは、可愛《かわい》らしくラッピングされた小さな小箱。

……おっ？

ミツルギは、それを、ナプキンを折ってせっせと何かを作っているアクアの前へ、スッと差し出しながら。

「アクア様。見ればあなたは、いつもアクセサリーの類《たぐ》いを身に着けておられませんよね？　そんな物を身に着けなくても、あなたは十分お美しいのですが……。もしよろしければ、どうかこれを………」

そんな、歯の浮くセリフを言ってきた。

こいつは日本にいた時から、きっとリア充《じゆう》だったんだと思う。

「……？　なに？　くれるの？」

「ええ、どうぞ。安物ですので、アクア様のお気に召《め》すかは分かりませんが……」

言いながら、ミツルギは爽《さわ》やかそうな笑顔《えがお》を見せた。

実にイケメンである。

むかつく。

「お前、いつもの取り巻き二人はどうしたんだよ。こんなとこでナンパしてていいのか？」

「彼女達は取り巻きじゃない、大事な仲間だ！　彼女達は今、隣国《りんごく》でレベル上げをしているよ。僕と一緒にいると、どうしても僕が一番多く敵を倒《たお》してしまうからね。ここで、たまに襲ってくる魔王軍《まおう》を撃退《げきたい》するに止《と》めてるんだよ」

そんな俺達の会話をよそにアクアが小箱を開けると、中からは小さな指輪が出てきた。

それは、とても安物とは思えない高級そうな指輪。

安物とか謙遜《けんそん》しつつ、かなり本気の一品だ。

しかし、アクアの指のサイズなんて知ってたのか？

と、思ったら。

「……？　サイズ小さくて入らないんですけど」

アクアが自分の指にちょっと試して、早々と諦《あきら》めた。

それを見て、ミツルギが苦笑《くしょう》しながら。

「それは魔法《まほう》が掛《か》かってまして、サイズの調整が……」

何かを言い掛けた時だった。

「カズマカズマ、見て見てー」

アクアが、言いながらナプキンをその指輪に被《かぶ》せ。

「でで－ん」

そんな声と共にサッとそのナプキンを除《の》ける。

すると、そこにあった指輪は跡形《あとかた》もなく消えていた。

「……凄《すげ》えな。凄《すご》いけれども、指輪はどこに消えたんだ？」

俺の言葉にアクアが言った。

「……？　消しちゃったんだから、どこに消えたのかなんて聞かれても困るわよ」

「えっ」

ミツルギがそんな間の抜《ぬ》けた声を出す。

……ちょっとだけ気の毒だ。

「サイズの合わない安物だったとしても、一芸に使えたわ。ありがとうね」

そう言って、屈託《くったく》の無い無邪気《むじゃき》な笑顔を見せるアクアに、ミツルギはそれ以上何も言えなくなったらしい。

「い、いえ……！　アクア様の芸のお役に立てたのなら僕も嬉《うれ》しいですよ」

そんな事を言いながら、乾《かわ》いた笑いを上げるミツルギ。

…………気の毒に。

──アクアは、何事もなかったかの様に鼻歌を歌いながらナプキンを折る作業に戻《もど》る。

そんなアクアを慈《いつく》しむ様な目で見た後、ミツルギが俺へと視線を向けた。

「それじゃあ話をしようか。これは君にも人事《ひとごと》じゃない話なんだ」

それからのミツルギの話をまとめると。

何でも、魔王の幹部ベルディアが最初にアクセルへ派遣《はけん》されてきたのは、あの地に大きな光が舞《ま》い降りたと、魔王の城の予言者が言い出した事がきっかけだったらしい。

当初は半信半疑でベルディアを派遣した魔王だった。

それが、送り出したベルディアが討《う》たれ、続いて送ったバニルが行方《ゆくえ》不明になり。

しかも、紅魔の里を攻略《こうりゃく》していたシルビアまでもが最近討たれた。

それらの件に関して、魔王軍の間では、常にある冒険《ぼうけん》者パーティーが拘《かか》わっているという噂があるらしい。

現在、魔王の興味はその冒険者パーティーに向けられている。

そのパーティーが拠点《きょてん》としているアクセルの街に、攻《せ》めてくるかもしれないし、また誰かを派遣してくるかもしれないとの事。

……っていうか、そのパーティーってモロに俺達の事じゃないか。

「しかし、アクセルの街に舞い降りた大きな光って……」

俺は何気なく、隣《となり》でせっせと何かを作っているアクアを見る。

釣《つ》られて、ミツルギも視線をアクアに向けた。

「……僕は、アクア様の事だと思っている。最初は、魔王が警戒《けいかい》する大きな光とは、僕の事かなとも思ったんだが。……そ、そんな目で見ないでくれ……」

俺の、うわあ……何だこのめでたい勘違《かんちが》い野郎《やろう》はといった視線に気付き、嫌《いや》そうに顔をしかめるミツルギ。

と、そんなミツルギに。

「できたわ。はい、指輪のお礼にこれあげる。作品タイトルは変形合体エリス神。胸部装《そう》甲《こう》が着脱《ちゃくだつ》式で三段階の変形が可能なの」

訳の分からない事を言いながら、アクアは折りたたんでいたナプキンを手渡《てわた》した。

そんなアクアに苦笑《くしょう》しながらそれを受け取り。

「ハハッ、ありがとうございますアクア様。大切に……」

ミツルギは笑いながら、受け取ったナプキンに視線を向ける。

何気なく、俺もミツルギと一緒《いっしょ》にそれを見た。

「「凄っ!?」」

どことなくエリス様の面影《おもかげ》があるナプキン製の折り紙は、既《すで》に折り紙の域を超《こ》え、もはやアートと化していた。

「……おいアクア、これ俺にも作ってくれよ」

「嫌よ、私は同じ物は作らないわ。高速機動冬将軍なら作ってあげてもいいわよ」

「じゃ、じゃあそれで頼《たの》む」

俺の頼みを受けて、黙々《もくもく》とナプキンを折りたたみ始めるアクア。

それを見て、ミツルギが笑いながら立ち上がった。

「佐藤和真。僕がもう少し強くなるまで、アクア様をしっかりとお守りしてくれ。……では、女神《めがみ》様。僕はこれで失礼します。この折り紙は大切にしますね」

そんなミツルギに、アクアがうん？　と顔を上げ。

「……？　ああうん、またね。……ねえカズマ、変形機能は必須《ひっす》よね？」

「いるに決まってるだろ常識的に考えて」

そんな俺達二人のやり取りを、ミツルギは少しだけ寂しそうな顔で見た後。

「君はアクア様と本当に気が合うんだね」

そんな事を言った後、それじゃあと言い残し、去って行った。


――宿屋への帰り道。

「そう言えば私、久しぶりに女神様って呼ばれた気がするわ。あのカツラギさんって人、そんなに悪い人じゃないのかも」

そう思うなら、名前は正確に覚えてやれよと思う。

最初にカツラギなんて呼んだ俺も悪いのだが。

俺は、ウキウキとそんな事を言ってくるアクアを見ながら考えていた。

この浮《う》かれたのを魔王が気にしてる？

……いや、やっぱり無いよなあ。

うん、無いわー。

「それより今日の晩飯は何にする？　王都って、アクセルと比べて激戦地だからか、強力で新鮮《しんせん》なモンスターの肉がたくさん獲《と》れるらしいんだよ。それで、王都の宿は材料の持ち込みが基本らしいぜ。持ち込んだ材料で、経験値たっぷりな美味《おい》しい料理を作ってもらえるらしい。……俺はこってりした物が食いたい。今日は高い肉を持ち込んで、焼き肉にしてもらおうか」

「私、今日はあっさり系の気分なんですけど。生野菜と何かのタタキとかで強めのお酒をきゅっとやりたい気分なんですけど」

ミツルギは俺がアクアと気が合うとか言っていたが、早速《さっそく》意見が食い違《ちが》ってるんですが。

「じゃあ勝負しようぜ。でも、ミツルギのおかげでお前が女神だって事を思い出した。女神様なんだから、特別にハンデをやるよ。俺とじゃんけんして、三回勝負中一回でも勝てたら、お前の好きな料理にしようか」

「あらー？　なになに？　カズマったら随分《ずいぶん》と殊勝《しゅしょう》な心がけね。それならいっそ、私の言い分を素直《すなお》に聞いてくれればいいのに。じゃあいくわよ！　じゃーんけーん……！」

俺がじゃんけんに強い事をすっかり忘れている、学習能力というものが欠如《けつじょ》した女神を連れて、俺は高級肉を手に宿へ帰った。

7

——その日の夜。

宿で寝《ね》ていた俺は、ふいに何者かの気配を感じて目が覚めた。

「……きて……。ねえ、起きてってば」

聞き覚えのある声と共に、暗闇《くらやみ》の中、俺の寝ているベッドの傍《そば》で、こちらを覗《のぞ》き込んでいる影《かげ》が。

「曲者《くせもの》ーっ！」

「わあああっ！　ちょっ、あたしだよあたし！　ねえ、クリスだってば！　やめっ！　どこ触《さわ》ってんの、止《や》めて！　ダクネス！　ダクネス、助けてえええ！」

侵入者《しんにゅう》を捕《つか》まえてみると、その正体はクリスだった。

「何だ、クリスか。おい、夜中に侵入してきたって事は、皆《みな》に知られたくない話があるんだろ？　それなのに、ダクネスに助けを求めてどうすんだよ」

「キ、キミってヤツは！　ねえ、侵入者があたしだって確信してから抱《だ》きつかなかった⁉　普通《ふつう》に捕まえるだけなら、別にあんなとこを触らなくてもいいよね⁉」

暗闇の中、クリスが荒《あら》い息を吐《は》いている。

今の騒《さわ》ぎを聞きつけてダクネスが駆《か》け込んでくるかとも思ったが、誰《だれ》も起きてくる気配はない。

「まったく、本当に油断も隙《すき》もない……。キミなんかを頼《たよ》らないといけないのが残念で仕方ないよ」

「男の部屋に夜這《よば》いに来て触られたら悲鳴を上げるとか、一体どんな美人局《つつもたせ》だよ」

「夜這いじゃないよ！　美人局でもないよ‼　言ったじゃん、また後で屋敷《やしき》に侵入した事情を説明に来るって！　あっ、ちょっと！　ねえキミ、聞こえないフリしないでよ‼」

両手で耳を塞《ふさ》いで布団《ふとん》に潜《もぐ》ろうとした俺に、クリスが慌《あわ》ててしがみつく。

「アルダープの屋敷で、事情は聞きたくないって言っただろ！　王女様とのお別れで、ただでさえ気が立ってるんだ！　また今度にしてくれ！　具体的には来年くらいに！」

「今じゃないとダメなんだってば！　ねえ聞いてよ！　あたしが貴族の屋敷に侵入してたのには、ちゃんとした訳があるんだってば……！」

布団に潜り込みながら尚《なお》も抵抗《ていこう》を続ける俺に、クリスが事情を語りだした——


この世界には、神器と呼ばれる超《ちょう》強力な装備や魔道具《まどうぐ》がある。

神器と呼ばれるだけあって、それらの品は簡単には手に入らない。

だが、それら神器を所有している者には、共通している事があった。

それは黒髪《くろかみ》黒目の持ち主で、変わった名前をしている事。

「つまり神器と呼ばれる物は、普通なら、キミみたいな変な名前の人しか手にできない物なんだよ」

「変な名前ゆーな。俺を紅魔族と同列に語るなよ」

抵抗もむなしく、籠《こ》もっていた布団を剝《は》がれた俺は、クリスからよく分からない説明を受けていた。

神器については以前アクアから聞いている。

俺がこの世界に来る際に、貰《もら》える力一覧に載《の》ってたチートアイテムの事だ。

「ところがね、どういった経緯《けいい》かは知らないけど、所有者がいなくなった二つの神器が、とある貴族に買われたらしいのさ」

「ほう」

つまるところ、神器の本来の所有者が亡《な》くなり、それが世に流れてしまったらしい。

神器の片方は、ランダムにモンスターを召喚《しょうかん》し、対価も代償《だいしょう》も無しに使役《しえき》する事ができるチートアイテム。

もう一つの神器は、他者と体を入れ替《か》える事ができるという物らしい。

モンスターを使役するアイテムは強力そうだしまだ分かるが、他人と体を入れ替えるアイテムを欲《ほっ》した転生者は、そんな物を何に使おうと考えたのだろう？

そんな俺の疑問をよそに、ベッドに腰掛《こしか》けたクリスは足をブラブラさせながら。

「それであたしの盗賊《とうぞく》スキルの中に、レアなお宝の在処《ありか》が分かる『宝感知』ってスキルがあるんだけどさ。そのスキルを使って、王都の家々を片っ端《ぱし》から調べてたって訳」

「その、レアなお宝が集まっていたのが、金を余らせた悪徳貴族の家ばかりだった訳か」

「そういう事！　で、侵入したはいいものの、神器は見つかんないし。前々から義賊《ぎぞく》っぽい事がやりたかったから、侵入したついでに後ろ暗いお金は頂いちゃえってね！」

こいつはノリと勢いで義賊をやってたのか。

「で、キミが泊《と》まってた屋敷から凄《すご》いお宝の気配を感じ取ってね。それで、忍《しの》び込んだってわけ」

「なるほどな。まあ、忍び込んできた理由は分かった。何で神器を集めてるのかは知らないけど」

俺の言葉に、クリスは困った様に頬《ほお》の傷をポリポリ掻《か》くと。

「あたしが神器を集めてる理由については……。まあ、そのうち話すかもね？　……で、あの屋敷でそれっぽいお宝は見なかった？　あのアルダープっておじさんが、凄い魔道具を使ってたとか」

「風呂場《ふろば》に設置されてたマジックミラー以外に、凄そうな魔道具なんて見なかったな。……ていうかクリスが感じたお宝の気配って、あの屋敷にいたアクアの羽衣《はごろも》の事じゃないのか？　あいつ、以前自分の羽衣は神器だとかほざいてたぞ」

それを聞いて、クリスはがっくりと項垂《うなだ》れた。

「ま、まあ、それならいいや。……でね、ここに忍び込んできたのには訳があるのさ」

ほらきた！

「やめろ、もう厄介事《やっかいごと》には巻き込まれたくないんだよ！　しかも今回の話は、なんかもう凄くヤバそうな事を頼まれる気がする！」

「あっ、こらっ！　いいから聞いてよ！　あのね、実はお城の方から強烈《きょうれつ》なお宝の気配がするんだよ。それも、あの屋敷から感じたクラスの、凄いお宝の気配がね！」

「……城に凄いお宝があるのは当たり前だと思うんだけど。……それで？」

「うん、キミって確か、千里眼って暗視スキルを持ってるよね！　それに、あたしが教えた潜伏《せんぷく》や敵感知スキルも！　それを使って、あたしと一緒《いっしょ》に忍び込んで……」

「俺に犯罪の片棒担《かつ》がせようとすんなよ！　アルダープの屋敷で出くわした時から嫌《いや》な予感はしてたんだ、そんな事に協力できるか！」

「ねえ、そんな事言わずにちゃんと聞いてよ！　この神器を回収できないと、大変な事になるんだってば！」

「そんな重大そうな事は、俺なんかよりもっと勇者っぽいヤツに頼《たの》んでくれ！　そうだ、この街にミツルギってヤツがいるからさ！　アイツなら、『行方《ゆくえ》の知れない神器を悪用されると大変な事に……！』とか煽《あお》れば、きっと助けてくれるから！」

「薄情《はくじょう》者！　あたしはキミにやって欲しいんだよ！　もういい、ダクネスを起こして頼んでくる！」

「おいこら止めろ！　ダクネスだって貴族なんだぞ、クリスの正体が貴族連中にバレたらアイツの立場がマズイ事になるだろうが！」

「だって、だって……！」

「ほら、とっとと帰れ帰れ！　帰らないなら、昨夜お前に食《く》らった覚えたてのバインドで捕《と》らえてセクハラすんぞ！　アレのおかげで昨日は大変な目に遭《あ》ったんだからな！」

「待って!?　わ、分かった、今日のところは引き揚《あ》げるから！　また明日《あした》、相談に来るから！」

「もう来るなって言ってんだろ！　『バイ……』」

「きょ、今日のところはこれぐらいで勘弁《かんべん》してやらー！」

部屋の窓を開け放ち、半泣きでそこから飛び降りたクリスは、明るくなり始めた夜明けの街へと消えていった。

まったく、これ以上の厄介事は勘弁して欲しい。

本当に、俺の運が良いって話はどこへいったんだ。

幸運を司《つかさど》る女神《めがみ》エリス様、アクセルに帰ったらエリス教に入信しても良いので、どうか俺に平穏《へいおん》を与《あた》えてください。

そんな事を祈《いの》りながら、布団の中に潜り込み……。

――そして、狙《ねら》ったかの様に鳴り響《ひび》いた警報で起こされた。

第四章　この箱入り王女に悪友を！

1

『魔王《まおう》軍襲撃《しゅうげき》警報、魔王軍襲撃警報！　現在、魔王軍と見られる集団が王都近辺の平原に展開中！　騎士《きし》団は出撃《しゅつげき》準備。今回は魔王軍の規模が大きいため、王都内の冒険《ぼうけん》者各位にも参戦をお願い致《いた》します！　高レベル冒険者の皆様《みなさま》は、至急王城前へ集まってください！』

夜明けの王都に響くアナウンス。

それと同時に、静かだった宿が騒がしくなった。

「カズマ、起きているか!?　今のアナウンスは聞いたな!?　すぐに装備を調《ととの》えろ！」

ダクネスの慌てた声と共に、部屋のドアが叩《たた》かれた。

「寝《ね》てますよ」

「バカッ、ふざけている場合か！　魔王軍が現れたのだぞ、私達も早く参戦しなくては！」

俺は布団《ふとん》から首だけ出すと、ドンドンと叩かれるドアに向け。

「お前こそふざけてんのか！　アナウンスをちゃんと聞いとけよ、『高レベル冒険者の皆様は、至急王城前へ集まってください』って言ったんだ。俺のレベルはまだ17だぞ、中レベル冒険者もいいとこだ。大体、この王都にはミツルギを始め、腕利《うでき》き冒険者が揃《そろ》ってるんだぞ？　俺達がいなくたって余裕《よゆう》だよ」

「き、貴様というヤツは！　もういい、アクアとめぐみんを連れて参戦してくる！　低レベル冒険者は布団を被《かぶ》って震《ふる》えてろ！」

ドアを叩いていたダクネスは荒い足音を立てながら去って行く。

やがて……。

「いやー！　どうして私がそんな危ないとこに行かなきゃならないの!?　私は王都に遊びに来たの！　魔王軍相手に戦闘《せんとう》だなんて、絶対いやああ！」

「アクア、ワガママを言うな！　魔王軍との戦いなのだぞ、回復魔法《まほう》の使い手は幾《いく》らいても足りないのだ！　それに、めぐみんを見ろ！　こんなにやる気に満ちあふれて……！」

「ダクネス、私は城には行かず、先に魔王軍のとこへ向かいます！　戦いが始まり人が入り乱れての乱戦になってしまっては私の魔法が使えませんからね！　一番槍《いちばんやり》は私の物です！　というか、パワーアップした私の魔法で一網打尽《いちもうだじん》にしてやりますよ！」

「待てめぐみん、無茶《むちゃ》を言うな！　アクアもいい加減諦《あきら》めてベッドから手を離《はな》せ！　ああもう、頼むカズマ、何とかしてくれ!!」

いつまでも騒《さわ》がしいな！

というかそもそも、俺はアクセルに帰れば金には困らないのだ。

こんな、何の得にもならない戦闘に首を突《つ》っ込んで危険な目に遭う必要は……。

「……ッ!?」

俺は布団を蹴《け》って跳《は》ね起きた。

この戦闘に参加して、得られる報酬《ほうしゅう》に魅力《みりょく》は感じない。

だが、ここで活躍《かつやく》して功績を残せば……？

そう、義賊を捕らえる事には失敗したが、それ以上の功績を挙げれば……！

しかも、王都にはミツルギを始めとしたチート持ち冒険者が多数いると聞く。

そうそう負けるとも思えない以上、ここで俺の存在感を見せ、城の守護神的立ち位置に就《つ》き、再び城に舞《ま》い戻《もど》るチャンスかもしれない。

別に、魔王軍相手に無双《むそう》する必要もないのだ。

ちょこちょこっと目立てればそれで良い。

「止《や》めてダクネス、私、何だか嫌な予感がするの！　女神の勘《かん》よ！　買ったばかりのアイスを落とした時や、お店の前でせっせと集めた福引き券が全部はずれた時にも感じたの！　きっと、何かが起きると思うわ！　だからお願い、朝食のウインナー一本分けてあげるから、また明日にして！」

「ダクネス、放してください！『戦場に到着《とうちゃく》した王国軍が見た物は、無残に壊滅《かいめつ》した魔王軍と、悠然《ゆうぜん》と立ち去ろうとする魔法使《まほうつか》いだった……』と、こんなんをやりたいのです！　今がチャンスなんです、行かせてください！」

「カズマ！　私じゃ無理だ、この二人を何とかしてくれ！」

俺は完全装備でドアを開けると、未《いま》だ騒いでいる三人に。

「お前ら、国の危機に何やってんだ。さあ、行くぞ！　今こそ俺達の出番だ！」

「「「…………」」」

——俺達が城の前に着くと、そこには重武装を身に纏《まと》い綺麗《きれい》に整列した騎士団と、数多《あまた》の冒険者達で溢《あふ》れていた。

「冒険者の方は、こちらに集まってください！　皆《みな》さんへの特別な指示はありません！

皆さんは集団による軍事訓練を受けた訳でもないので、騎士団とは別行動を取ってもらいます、自由に戦って頂いて構いません！　戦闘に参加する前に冒険者カードをチェック致します。戦闘後に記載《きさい》されているモンスター討伐《とうばつ》数により、特別報酬が出ますので頑張《がんば》ってください！」

王都のギルド職員と思われる人が、拡声器の様な魔道具《まどうぐ》で指示を出している。

俺達も指定された場所に集まると、職員の一人に冒険者カードの提示を求められた。

俺の冒険者カードを見た職員は、困った様に眉尻《まゆじり》を下げて申し訳なさそうに言ってくる。

「サトウカズマさん、ですか？　すいません、上級職の方でない限り、レベル30以下の方は危険なので参加を認めていないんです。あなたには、街の警備をお願いできれば……」

「構わない。その男は数々の功績を挙げた腕利き冒険者だ」

と、その職員の言葉を遮《さえぎ》ったのは、いつの間にかやってきていたクレアだった。

城の前には、騎士団や冒険者達を激励《げきれい》するためか、クレアを始めとした貴族達が集まっている。

そして、居並ぶ貴族達が俺を見る目はどことなく期待に満ちていた。

義賊逮捕《ぎぞくたいほ》に失敗したとはいえ、魔王軍の幹部を撃退《げきたい》してきた力に期待しているらしい。

と、城のバルコニーからこちらを見下ろす影《かげ》が見える。

よく見れば、それは真っ直《す》ぐに俺を見つめ、期待に目を輝《かがや》かせたアイリスだ。

これは否応《いやおう》なしにテンション上がる。

任せろ、お兄ちゃん頑張るからな！

……と、横合いからちょいちょいと袖《そで》を引かれた。

「カズマさんカズマさん、賢《かしこ》い私は学習したわ。この戦闘に参加すると、絶対に何かオチがあると思うの。例えば頭のおかしい子が私も巻き込んで爆裂《ばくれつ》魔法を使うとか、脳筋な子がモンスターを集めて私も巻き込まれるとか。ねえ、今からでも遅《おそ》くないから、アクセルの街に帰らない？」

「アクアだけじゃなく、私だってちゃんと学習能力が備わってます、そんな事にはなりませんよ！」

「お、おいアクア、脳筋呼ばわりは止めてくれないか。何だか、この四人の中で一番頭が悪いイメージが定着しそうで……」

不安気なアクアに、俺は不敵に笑《え》みを浮《う》かべ。

「なーに、相手は数が頼《たよ》りの雑魚《ざこ》ばかりだ。そろそろ、俺の本気を見せてやるさ！」

「「「「おおっ！」」」」

俺がキッパリと宣言すると、辺りにいた貴族達が期待に目を輝かせる。

そして、居並ぶ騎士団、冒険者達に、クレアが高らかに号令を下した。

「――魔王軍討伐隊、出陣《しゅつじん》せよ！」

2

「……どうも。お久しぶりですエリス様」

「…………………………」

気が付けば、俺はお馴染《なじ》みになっている神殿《しんでん》の真ん中に突っ立っていた。

俺が死んだのはこれで何度目なのだろうか。

冬将軍に殺され、木から落ちて死に。

そして……。

「すいません。まさかこのレベルで、コボルトに殺されるとは思いませんでした……」

俺は、コボルトの群れに袋叩《ふくろだた》きにされ殺された。

コボルト。

そう、コボルトである。

美味《おい》しい部類のモンスターと呼ばれ、この世界でも雑魚の代名詞みたいなモンスターに殺されたのだ。

俺は、目の前でずっと無言のままのエリスに向けて。

「違《ちが》うんですよエリス様、途中《とちゅう》までは調子良かったんです。アクアの支援《しえん》魔法を受けて、ダクネスの後に付いてって。凶悪《きょうあく》なモンスターは他《ほか》の冒険者が率先《そっせん》して狩《か》ってたんで、それなら俺は、数で勝負だって思いまして」

「…………………」

そう、途中までは良かったのだ。

ダクネスの陰《かげ》に隠《かく》れながら弓を撃《う》ちまくり、次々に戦果を挙げていった。

やがて敵味方入り乱れての戦闘になり、コボルトに嚙《かじ》られ泣いていたアクアを助け――

「もうコボルトごときは目じゃねーぜ、俺だって成長してるんだよって思って、どんどん追い掛《か》けていったら……」

調子に乗って特に弱そうなコボルトを追い回していたら、いつの間にか深追いし、気付けばコボルトの群れに取り囲まれ、逆襲《ぎゃくしゅう》を受けたのだ。

どうしよう、今生き返らされるのは凄《すご》く恥《は》ずかしい。

戦闘前はドヤ顔で勝利宣言をしておいて、コボルトに袋叩きにされ死んだとか、情けなさ過ぎて笑えない。

エリスがさっきから口を利いてくれないのも、呆《あき》れているからなのだろう。

「あ、あの、エリス様？　油断して情けない死に方したのは反省してるんで、そろそろ機《き》嫌《げん》直してくれませんか？」

恐《おそ》る恐る尋《たず》ねると、エリスは頰《ほお》を赤らめながら。

「……セクハラは、いけませんよ」

こちらをジトッと睨《にら》み付け、そんな事を言ってきた。

俺の背中に汗《あせ》が流れる。

そういえば、エリスは地上の様子を見られるのだ。

つい先日、敬虔《けいけん》なエリス教徒である盗賊娘《とうぞくむすめ》に散々セクハラしたばかり。

エリスは、大事な自分の信者が弄《もてあそ》ばれた事でお怒《いか》りの様だった。

「いや聞いてくださいよエリス様、あれは仕方なかったんですよ。最初にアイツを捕《つか》まえた時は、胸のスレンダー具合から男だと思ったもんで……、いやすいませんごめんなさい、もう言い訳はしません！」

目に見えて機嫌が悪くなってくるエリスに、土下座する勢いで頭を下げる。

「……まったく。あなたはセクハラが多すぎます。許してあげるのは今回だけですよ？」

エリスはため息を吐《つ》きながら、困った様に頰を搔《か》く。

「ありがとうございます、エリス様！　いやあ、貴重な王道ヒロイン枠《わく》のエリス様に嫌《きら》われたらどうしようかと思いましたよ」

「またそんな調子の良い事を言って……。最近は、妹さんができてご満悦《まんえつ》みたいじゃないですか？」

どこまで見てるんですかエリス様。

と、返す言葉に詰《つ》まっていると、エリスがくすくすと笑い出す。

「いじめるのはこのくらいにしておきましょうか。それに、あなたには頼《たの》みたい事がありますから」

「……俺に頼み？」

エリスはこくりと頷《うなず》くと。

「昨夜カズマさんがセクハラした私の信者から、ある程度話を聞きませんでしたか？　アクア先輩《せんぱい》が与《あた》えた神器が、世に流れてしまった事を」

「ああ、そういやそんな事言ってましたね。でも、確か神器って持ち主を選ぶんじゃないんですか？　俺がチートな魔剣《まけん》を手に入れた時、自分で使おうと思ったけど、所有者以外が使っても普通《ふつう》の剣と変わらないって言われましたよ」

そう、昔ミツルギから魔剣をぶん盗《ど》った時、自分で使おうとしたらそんな事を言われたのだ。

「その説明は間違《まちが》いではありませんが……。神器は、与えられた者にしか本来の力を発揮できないというのが本当のところです。何でも切り裂《さ》く強力な魔剣は普通の剣に。無限の魔力《まりょく》を引き出せる魔法《まほう》の杖《つえ》は、魔力の回復を早める杖に。他の神器なら、その様な感じで悪用されたとしても大した事はないのですが……」

その後のエリスの説明によると、行方《ゆくえ》が分からない二つの神器は、本来の力が発揮できなくても世にかなりの影響《えいきょう》を及《およ》ぼす物らしい。

まず、ランダムにモンスターを召喚《しょうかん》し、対価も代償《だいしょう》も無しに使役《しえき》する事ができる神器は、喚《よ》び出したモンスターを意のままに操《あやつ》るには、対価や代償が必要になるという物。

もう一つの、他者と体を入れ替《か》える事ができる神器は、ずっと体を入れ替えられるのではなく、入れ替えていられるのに制限時間が付くという物。

二つの神器は使用の際にキーワードを唱えなくてはいけないらしく、世に流れたとしても簡単に使える物ではないらしい。

だが、万が一という事もある。

誰《だれ》かが偶然《ぐうぜん》にでもキーワードを唱え、街中でモンスターが召喚されれば大変だ。

犬の散歩中の人が何かの拍子《ひょうし》に入れ替わってしまえば、新種のコボルトの誕生である。

「回収した神器はアクア先輩に渡《わた》せば封印《ふういん》してくれます。これは報酬《ほうしゅう》が出る訳でもなく、名誉《めいよ》が得られる事もない仕事です。信頼《しんらい》できる人以外に神器の事を言う事もできません。所有者以外でも弱い力ながら神器を使用できるとなれば、転生者の方達に対して、良からぬ事を考える者もいるでしょう」

エリスは、真剣《しんけん》な顔で俺の手を両手で握《にぎ》ると。

「どうか、神器の回収をお願いできませんか？」

3

——目を覚ますと、アクアが満面の笑みで俺の顔を覗《のぞ》き込んでいた。

「コボルトに殺《や》られたカズマさん、お帰りなさい！」

ぶっ叩《たた》いてやりたい！

「お前、生き返った人間に対して、最初に言う事がそれかよ！　エリス様の女神《めがみ》っぷりを見習え！」

アクアを叱《しか》りつけながら周囲を見ると、既《すで》に戦闘《せんとう》は終わっていた。

「……なあ、生き返らせてもらって何なんだが、もうちょっと早く、例えば、俺が挽回《ばんかい》できるくらいの時に蘇生《そせい》する事はできなかったのか？」

「コボルトに殺されちゃう人を、どうして戦闘中に蘇生させなきゃなんないのよ。生き返らせた途端《とたん》にまた死なれたら面倒《めんどう》じゃない」

あっさり殺された手前、それを言われるとぐうの音も出ない。

「……なあ、聞きたいんだが、お前ちょっと酒の臭《にお》いがしないか？　まさか戦闘サボって飲んでたのか？」

「違うわよ。これは私が活躍《かつやく》したからって、戦勝祝いって事でお酒をたくさん貢《みつ》がれたの。カズマが死んでる間、皆凄《みなすご》かったんだからね？　私のターンアンデッドや回復魔法がどれだけ活躍したか、見せてあげたかったわ！」

……なるほど。

だから、アクアに向けられた周囲の視線が、どこか尊敬や崇拝《すうはい》に満ちている訳だ。

「なあ、最後に一つ聞きたいんだが。……俺、何で重しみたいなのを付けられてんの？」

「それはね、ダクネスに、戦闘に巻き込まれてカズマの死体が破損しちゃマズイから、邪魔《じゃま》にならない隅《すみ》っこにやっとけって言われたの。でも、カズマをその辺の隅っこに置いといたら、モンスターがカズマを咥《くわ》えて持ち去ろうとしてね……」

「止《や》めろ、それ以上は聞きたくない！　分かったよ、俺が持っていかれない様に重し付けといてくれたんだな！　どうもありがとう！　でも前々から思ってたんだけど、お前ら仏さんを扱《あつか》う時はもっと気を遣《つか》えよ!!」

事情を把握《はあく》した俺は、あらためて辺りを見回した。

魔王《まおう》軍による今回の襲撃《しゅうげき》は、それなりの規模だったらしい。

素人《しろうと》の俺がザッと見ただけでは数の把握などできないが、それでも倒《たお》されたモンスターは優に千を超《こ》えるだろう。

それにも拘《かか》わらず、負傷者らしい負傷者もなく、死者の姿も見えなかった。

「アクアさん、蘇生ご苦労様です。ささ、どうぞこちらへ！」

「いや、さすがはアークプリーストですね、素晴《すば》らしい腕《うで》だ！　まさかリザレクションまで使えるとは……！」

「おかげで、この辺りの負傷者はいなくなりました！　アクアさん、ありがとうございます！」

俺を蘇生し終えたアクアの下《もと》に、幾人《いくにん》かの騎士《きし》が労《ねぎら》いの言葉を掛けにきた。

なるほど、負傷者はアクアが全《すべ》て癒《い》やしたのか。

普段《ふだん》のポンコツぶりからは考えられない活躍だ。

「カズマ、生き返ったのか！　大丈夫《だいじょうぶ》か？　どこか、具合の悪いところはないか？」

顔や鎧《よろい》を煤《すす》だらけにしたダクネスが、幾人かの騎士を引き連れやってきた。

傷だらけになった鎧を見るに、コイツも頑張《がんば》ったのだろう。

「ダスティネス様！　先ほどのご活躍は素晴らしいものでした！」

「ええ、まったく！　いやはや、ダスティネス卿《きょう》が、放たれた魔法を平気な顔で耐《た》えながら魔王軍のど真ん中に突《つ》っ込んでいく姿には、心が震《ふる》えましたよ！」

「その姿を見て目を剝《む》いて驚《おどろ》いた魔王軍指揮官の顔は、当分の間忘れられませんな！」

「ダスティネス様が一身に敵の攻撃《こうげき》を引き受けてくれたおかげで、大した負傷者も出ず、助かりました！」

ダクネスに憧《あこが》れの視線を向けていた騎士達が、口々に褒《ほ》めそやす。

なるほど。これだけ大規模な戦闘なら、ダクネスの囮《おとり》スキル、デコイがさぞかし役に立っただろう。

何せダクネスは、攻撃はスカでも防御《ぼうぎょ》に関してはアクセル一だ。

コイツが活躍するという珍《めずら》しい姿を見られなかったのは、ちょっとだけ悔《く》やまれる。

そういやめぐみんはどこ行った？

……と、その姿を探していると、担架《たんか》に乗せられ、まるで壊《こわ》れ物を扱うかのごとく丁《てい》重《ちょう》に運ばれるめぐみんを見つけた。

その担架を先導する騎士達が、興味を示した野次馬冒険者《やじうまぼうけん》達を追い払《はら》う。

「ほら、今回の戦《いくさ》のMVPが通るぞ、道を空けろ！」

「めぐみんさんがお疲《つか》れだ、どけどけ、爆裂《ばくれつ》魔法で消し飛ばされたいのか！」

「アクセル随一《ずいいち》の魔法の使い手にして、全てを灰燼《かいじん》に帰する者、めぐみんさんのお通りだ！　道を空けろ！」

……何だアレ。

よくよく見れば、遠くの方に巨大《きょだい》なクレーターができていた。

「最初は混戦だったから、めぐみんは魔法を使えず焦《じ》れてたんだけどね？　だんだん、不利になってきた魔王軍が撤退《てったい》し始めたの。で、最後に敵の指揮官が『今回の戦はあくまで前哨戦《ぜんしょうせん》よ。いずれこの数倍の軍勢を率いて、この王都を灰燼に帰してくれるわ！』とか捨てゼリフを言って、逃《に》げようとしたところに……」

アクアがそんな説明をしながら、めぐみんを視線で追う。

「いやー、それにしてもスカッとしましたよめぐみんさん！」

「本当です！　あの指揮官には以前からイライラしてたんですよ！　あの野郎《やろう》、毎回ピンチになると捨てゼリフを残して逃げるもんで」

「それにしても最高だったな！　引き揚《あ》げる魔王軍のど真ん中に魔法をぶち込み、『我が名はめぐみん！　アクセル随一の魔法の使い手にして、爆裂魔法を操る者！　……灰燼に帰したのはあなた達の方でしたね……！』って言った時のめぐみんさんは！」

「ああ、これ以上にないぐらいスカッとしたぜ！　まさか、全魔力を振《ふ》り絞《しぼ》ってまで、あんな大魔法を使ってくれるなんてな！」

まるで神輿《みこし》の様に担架で運ばれるめぐみんは、その待遇《たいぐう》に満更《まんざら》でもない様だ。

「そうですか、そうですか！　まあ、我が奥義《おうぎ》の前に、あの程度の小物が耐えられるはずもありませんよ。何せ我が爆裂魔法は魔王軍幹部をも葬《ほうむ》り、伝説と化していた賞金首、デストロイヤーをも破壊《はかい》したのですから!!」

担架に運ばれながら、めぐみんがこれ以上ないくらいに調子に乗る。

「あのデストロイヤーが破壊されたってのは本当だったのか！」

「何て偉大《いだい》な大魔道師だ！　めぐみんさん、爆裂魔法以外のものも見せて頂く訳には参りませんか!?」

「おお、それは俺もぜひ見たいな！　めぐみんさんの上級魔法はどれほどの破壊力を秘《ひ》めているのか、ぜひとも知りたいものだ！」

「……そうですね。お見せしたいのはやまやまなのですが、今は魔力を使い果たしているのです。なので、残念ですが……」

「もちろん、明日《あした》でも大丈夫ですよめぐみんさん！」

「いや、明日の朝が楽しみだな！」

「俺、他《ほか》の連中にも声掛《か》けておくよ！」

「……そ、そうですね。でも、その、明日はもしかしたら忙《いそが》しいかも……。あっ、カズマ！　良かった、生き返らせてもらったのですか！　まだ蘇生したばかりで何かと大変でしょう、明日はこの私が、カズマの身の回りの世話をですね……！」

……調子に乗りすぎたせいで何か面倒な事になってるめぐみんだが、面白《おもしろ》そうなので放《ほう》っておこう。

4

「騎士団と冒険者達が凱旋《がいせん》したぞー！」

その誰かの声をきっかけに、王都が歓声《かんせい》に包まれた。

城に報告へ向かう俺達を、街の人々が口々に褒め称《たた》える。

深々と頭を下げる者、拳《こぶし》を上げて歓喜《かんき》する者。

それらを見て、騎士や冒険者達も誇《ほこ》らしい表情で城へと向かう。

やがて城へ到着《とうちゃく》すると、そこにはアイリスやクレアを筆頭に、上機嫌《じょうきげん》の貴族達が待っていた。

相変わらず白スーツ姿のクレアは前に出ると。

「騎士団、並びに冒険者諸君！　此度《こたび》はご苦労だった！　諸君らの活躍により、今回も王都は守られた。この国を代表し、皆《みな》に深く感謝するとアイリス様は仰《おお》せだ。……報酬《ほうしゅう》は期待して良いぞ！」

その言葉に、冒険者達から歓声が上がった。

「更《さら》に！　諸君を労うため、現在宴《うたげ》の用意が進められている。戦闘を終えて疲れただろう。夕刻まで体を休め、再び城へ来るが良い。そこで、特に活躍をした者には、特別報酬が与《あた》えられる！　以上だ、此度は本当にご苦労だった！」

歓声が最高潮に達しいよいよ盛り上がる冒険者達は、満面に喜色を湛《たた》え、夕刻まで時間を潰《つぶ》そうと思い思いに散っていった。

「ダスティネス卿、どうか城の方で、戦闘の詳細《しょうさい》を……！」

「聞きましたぞ、大変なご活躍だったそうで……！」

「ええ、ダスティネス様のご活躍をぜひ聞きたいですな！」

ダクネスが、あっという間に貴族に囲まれ、城へと連れていかれた。

連れていかれる際こちらに助けを求める視線を送ってきたが、コボルトに殺された男としては、恥《は》ずかしいのであまり目立ちたくない。

「ねえカズマ。宴会《えんかい》が始まるまで、傷を治してあげた人達にアクシズ教団に入りませんかって勧誘《かんゆう》してくるわね。せっかく癒やしてあげたんだから、恩に着せてくるわ」

「治療《ちりょう》して恩を着せなきゃ感謝もしてくれるだろうに、一々そんな事してるから、ちっとも信者が増えないんじゃないか？」

俺の言葉を聞き流し、騎士の下《もと》へ向かうアクア。

それを見送っていると、俺の後ろから声が聞こえてきた。

「あ、私はここで下ろしてもらっていいですよ。仲間におぶってもらいますので」

そう言っためぐみんを、まるで神輿の様に担架に乗せて運んでいた騎士達が、そっと担架を地に置いた。

下ろされためぐみんは、こちらにこいこいと手招きしてくる。

俺はこいつのおんぶ要員ではないのだが。

「お前、生き返ったばかりの俺の世話をしてくれるって話じゃなかったのか？」

「明日からはかいがいしくお世話するので、今日のところは許してください。カズマ、明日にはアクセルに帰りましょう、できれば朝一番に」

俺におぶわれためぐみんが、手慣れた動作で首に腕を回しながら言ってくる。

そんな俺達の下に、無邪気《むじゃき》な笑《え》みを浮《う》かべたアイリスが駆《か》け寄ってきた。

「無事で良かったですお兄様！　お帰りなさいませ！」

「お兄様!?」

「おお、アイリスか。いや、無事じゃなかったんだけどな。一回死んで、生き返ったから」

それを聞いたアイリスが、驚きの表情で足を止めた。

「一回死んだ!?　お兄様、大丈夫ですか!?　城に入って宴の時間まで体を休めてください、お兄様の使っていた部屋はあのままにしてありますから！」

「またお兄様!!」

「ありがとう。でも、そんなに心配しなくても大丈夫だ、綺麗《きれい》に蘇生《そせい》してもらったし」

おぶわれためぐみんがさっきから耳元でうるさい。

なぜかお兄様という言葉に興奮している。

「それなら良いのですが……。それでお兄様、お城に残れる様な戦果は挙げられましたか!?」

一転して明るい表情になったアイリスが、期待を込めて尋《たず》ねてきた。

「い、いやその……。実は、たまたま不覚をとってな？　今回は調子が悪くてあまり戦果が挙がらなくて……」

「そうでしたか……。でも、こうして帰ってきてくれただけでも良かったです！　それに、功績など挙げなくとも、王都のために戦ったのは本当なのですから、クレアにもう一度、お兄様をこの城に住まわせる事ができないか頼《たの》んでみます！」

「………」

「ありがとうアイリス。でも、今回は情けない死に方したし無理じゃないかなあ……。ともかく、また夜にな」

俺の言葉にアイリスは、寂《さび》しそうな顔を見せた。


「……ちょっと見ない間に、あのアイリスって子に随分《ずいぶん》と気に入られたみたいですね」

アイリスがクレアを追って城に戻《もど》った後、背中のめぐみんが言ってきた。

「だろ？　念願の妹ができたよ。俺は年下が好みなのかもしれん」

「……街に帰ったら、私もお兄ちゃんって呼んであげましょうか」

「お前は大事なロリ枠《わく》だろ？　やっぱり、それとは別に妹が欲しい」

「おい、いい加減ロリキャラ扱《あつか》いするのは止《や》めてもらおうか！」

背負われたまま器用に首を絞《し》めてくるめぐみんと共に、俺達は部屋に向かった。

5

以前俺が暮らしていた部屋に入り、ソファーにめぐみんを下ろしてやると、めぐみんはキョロキョロと部屋を見回し。

「ほう、なかなか良い部屋ですね。メイドや執事《しつじ》に世話をされながらこの部屋でゴロゴロ暮らす。まあ、帰りたくないと言い出したのも分かる気がします」

「だろ？　飯は美味《うま》いしチヤホヤされるし、めぐみんだってここに住めば、もう帰りたくなくなるよ。……あーあ、結局大した戦果も挙げられなかったし、やっぱり明日には帰らなきゃならないなあ……」

言いながら、俺は装備を外してベッドに座る。

そのまま足をブラブラさせていると、まだ魔力《まりよく》の回復が十分でないめぐみんが、気怠《けだる》そうにしながらも。

「……でも、私としてはその方が良かったです。こうして、王都で派手に活躍《かつやく》するのも気持ち良かったのですが……。皆でクエストをこなしたり、喧嘩《けんか》しながらも騒《さわ》がしいアクセルでの暮らしが、私は一番好きですよ。明日からは、また四人で暮らせますね」

そう言って、心底嬉《うれ》しそうに微笑《ほほえ》んで……。

「おっ、そ、そうだな。まあ俺も、そこまで本気でこの城に残りたいって思ってた訳じゃないからな！」

そんなめぐみんの反応に、なぜか妙《みょう》にあがってしまった俺は、ごまかす様に落ち着きなく足をブラブラさせた。

「本当ですか？　そんな事言いながら、アイリスって子の事も満更じゃなかったのでは？」

めぐみんは、俺の反応を楽しんでいるのか、からかう様に言ってくる。

何言ってんだか、俺はあくまで、妹的な存在として見ているだけで……。

そう、あの子は何だか放っておけない感じなのだ。

ゆんゆんとは、また違《ちが》ったタイプのぼっちというか……。

と、その時。

「お兄様、少しよろしいでしょうか……」

噂《うわさ》のアイリスが、ドアの外から声を掛けてきた。

「――申し訳ありません、お兄様が城に留《とど》まれないか、クレアにお願いしてみたのですが……」

めぐみんの隣《となり》に腰掛《こしか》けたアイリスが、しょんぼりしながら言ってきた。

「しょうがないさ。それより、俺の方こそ力が及《およ》ばなくて悪かった」

「お兄様が謝る事などありません。あなたは、文字通り命懸《いのちが》けの戦いに赴《おもむ》いて来たのですから……」

言いながら、アイリスは目に涙《なみだ》を溜《た》めて俺を見つめてくる。

その真剣《しんけん》な様子に、調子に乗って深入りしたら、コボルトの集団に袋叩《ふくろだた》きにされたなどとは言い出せず、アイリスを見つめ返して黙《だま》り込んだ。

そして俺達は、無言のまま見つめ合う。

「……二人とも、私がいる事を忘れてませんか？」

「いえっ!?　わ、忘れてなんかいませんわ!?」

「アイリスの言う通りだ、別にめぐみんの事を忘れてなんかいないよ！　俺はロリコンじゃないんだから、そんな疑わしい目で見るなよ！　アイリスは妹みたいなものなんだし、おかしな空気になんかなんないから！　……な、何だよアイリス、そんな悲しそうな目で見るなよ、尚更《なおさら》誤解されるし、俺も勘違《かんちが》いしそうになるだろ！」

挙動不審《ふしん》な俺をよそに、めぐみんが、ふと何かに気付いた様に。

「……おや？　さすがは王女様です、また凄《すご》い魔道具《まどうぐ》を身に着けていますね。感じられる魔力の量が、そこらの物とは桁違《けたちが》いです。そのネックレスは、ひょっとして神器級の魔道具ですか？　見た感じ紅魔の里製ではなさそうですが、一体どこの物でしょうか」

と、アイリスが身に着けているネックレスに興味を示した。

アイリスの胸元《むなもと》には、他《ほか》の装飾《そうしょく》品と趣《おもむき》の違う、シンプルなデザインのネックレスが掛《か》かっている。

「これですか？　これは、私《わたくし》の本当のお兄様に献上《けんじょう》されたネックレスらしいのですが……。現在遠征《えんせい》中のお兄様に代わり、王族を代表して私が預かっているのです」

それを見て、めぐみんが目を輝《かがや》かせながら身を乗り出した。

「で、その魔道具はどんな力があるのですか？　並々ならぬ魔力ですから、さぞや強力な力を備えているのでしょう！　世界を滅《ほろ》ぼしかねない強烈《きょうれつ》なヤツが！」

お前は自分の趣味《しゅみ》を前に出しすぎだ。

「いえ、それが……。実は、この魔道具の使い方はまだ解明されていないのです。定められたキーワードを唱えれば、魔道具の力が発動するのではないかと言われていますが……。

一応それらしい文字が彫《ほ》ってあるのですが、城の学者が調べてみても、なかなか解読できないらしく……」

アイリスは、身に着けたネックレスを、そのまま裏返してこちらに見せた。

そこには確かに文字が刻まれ……。

「あれ？　それって日本語じゃないか。『お前の物は俺の物。俺の物はお前の物。お前になーれ！』……このキーワードを決めたヤツは誰《だれ》だ、人をバカにしてんのか」

というか、この適当なキーワード……。

この神器を日本人に渡《わた》したアイツが怪《あや》しい。

「えっ？　ちょ、ちょっとカズマ、王女様のネックレスが光ってますよ!?」

「お、お兄様!?　これは、魔道具の力が発動してしまうのでは……!?」

「えっ。ちょ、ちょっと待て、捨てろ！　アイリス、今すぐ外して、窓から捨てろっ!!」

俺はアイリスから慌《あわ》ててネックレスを毟《むし》ろうとするが、ネックレスの中央で輝く宝石が閃光《せんこう》を発し……！

「……あれっ？　何も起こりませんね」

めぐみんの言葉に、思わず閉じた目を開く。

と、目の前には俺がいた。

こちらに向けて手を伸《の》ばした体勢で、驚愕《きょうがく》の表情で俺が俺の顔を見つめている。

「いつまで二人して見つめ合っているのですか。さっきもそうでしたが、一々私を忘れないでください」

この異常事態にも拘《かか》わらず、めぐみんは呆《あき》れた様にため息を吐《つ》き……。

「いやめぐみん、今まさに凄い事が起こってんだろ！」

「な、何ですか急に、いきなり呼び捨てとは気安いですね王女様。私の方がお姉さんなのですから、カズマをお兄様呼ばわりするなら、『めぐみんお姉ちゃん』、もしくは、『お姉様』とでも呼ぶべきです。……というか、その口調は止めた方がよろしいですよ？　クレアって人が、カズマと関《かか》わらせると悪影響《あくえいきょう》を受けると言っていましたが、もう手遅《ておく》れな感じですね」

めぐみんは、なぜか俺に向けて残念な子を見るような視線を……。

と、目の前の俺がおずおずと手を挙げて。

「あ、あのう……。私がアイリスなのですが……」

その場の皆《みな》が押し黙る。

「……おおおお、俺は今アイリスになってんのか!?　つまりはそういう事なのか!?　ああああ！　本当だああああ!?　ドレスだ！　俺、ヒラヒラのドレス着てる！　なんだこれ、目が覚めたら勝手に女装させられてた様な新感覚だ！」

「お兄様!?　私の中にはお兄様がいるのですか!?　お兄様、その様なはしたない真似《まね》はしないでください！」

「だってだって、アイリスお前これ色々とダメだろう！　スカートヤバい、下半身が心《こころ》許《もと》ない！　女って凄いな、こんな無防備な状態で公《おおやけ》の場を闊歩《かっぽ》してんのか！」

バサバサとドレスの裾《すそ》を煽《あお》ってみると、俺、いや、俺の姿をしたアイリスが泣きながらしがみついてきた。

「お兄様、それ以上は！　それ以上はいけません、止めてください！」

「あなたが止めてください！　何となく事情は分かりましたが、その姿でスカートをヒラヒラさせているカズマにしがみつかれると、絵面《えづら》的にアウトです！」

と、突然《とつぜん》部屋のドアが叩《たた》かれた。

「アイリス様!?　先ほどから悲鳴が聞こえておりますがどうされましたか!?」

聞こえてきたのはクレアの声。

部屋の外で、アイリスの護衛として待機していたらしい。

俺は、開けられない様にドアの前に張り付くと。

「ク、クレア、何でもありませんですわ！　お兄様とお話ししていたら、ちょっと興奮してしまって！」

「そ、そうですか？　それならよろしいのですが、あまりその男と長々と話されませんように。また良からぬ事を吹《ふ》き込まれますよ？」

「わ、私は大丈夫《だいじょうぶ》です、引き続き警護をお願いしますね！」

ドアの向こうにそう告げると、ドレスを纏《まと》い女言葉を使う自分に妙な新感覚を覚えながら、俺はドアに寄りかかり、ズルズルと座り込んだ。

——部屋の中央に円を組む様に三人で座り、この身に起こった事について考える。

「さて、これから一体どうしたものか。俺的には今後美少女として生きていくのもやぶさかではない気もするが、生まれついてからずっと一緒《いっしょ》だった自分の体も捨てがたい。どうやって元に戻《もど》ろう？」

「今、サラッと凄い事言いましたね。というか二人とも、何か不具合はありませんか？　どこかが痛いとか、気分が悪いとか？」

「私は特にありません。しいて言えば、その……。男の人の体って、大きくて力強いんですね。このまま冒険《ぼうけん》にでも行きたい気分です」

「王女様すいません、その顔でその言葉遣《ことばづか》いは止《や》めて欲しいです……」

めぐみんが、アイリスを見ながら泣きそうな顔をしている。

「しかし参ったな。さっきのキーワードを試《ため》してもネックレスが光るだけで、もう一度入れ替《か》わる事ができないってのは……」

再びネックレスの力を試してみたのだが、再び入れ替わるという事はなかったのだ。

「入れ替わりを解除するキーワードでもあるのでしょうか。しかし体を入れ替えてしまうとは、また凄い代物《しろもの》ですね。前代未聞《ぜんだいみもん》ですよ、こんなに強力な魔道具は」

めぐみんの言葉に、アイリスはしゅんとしながら。

「どうしましょう……。このまま、元には戻れないのでしょうか？　私はこのまま冒険者として生きていくのでしょうか……。城を追い出され、自由で奔放《ほんぽう》な冒険者に……。信頼《しんらい》できる仲間を見つけ、立ちはだかるモンスターを次々倒《たお》し、まだ見た事もない街へ旅をして……！　お兄様、どうしましょう！　私、このまま元に戻れなくても、嫌《いや》じゃないかもしれません！」

「王女様落ち着いてください！　あなたは今、相当バカな事を口走ってます！」

しゅんとしたり突然顔を輝かせたりと忙《いそが》しいアイリスだが、さすがにこのままという訳にもいかない。

この魔道具の力が呪《のろ》いの類《たぐ》いなら、アクアに頼《たの》めば何とかなりそうな……。

……って、アクアで思い出した。

そうだ、この体を入れ替える魔道具は、アクアが日本人に渡した……！

「大丈夫だ、この魔道具の正体が分かった！　こいつはとある神器だ。この神器を与えられた持ち主以外が使用すると、入れ替わっていられる時間に制限が掛かる。それがどのくらいの時間かまでは分からないが、ずっとこのままって事はないはずだ」

俺の言葉にめぐみんが、ホッと息を吐く。

アイリスはなぜか微妙《びみょう》そうな表情だ。

「というわけで、このまま大人しく待っていれば元に戻れる。夜に控《ひか》えてる戦勝パーティーまでに戻ればいいんだけど……」

と、俺がベッドに移動し、そのままパーティーまで寝《ね》ていようかと思ったその時だった。

「お、お兄様！　その……、お願いがあります！」

アイリスが、床《ゆか》に正座しながら真剣な顔で言ってくる。

その姿で正座するのは、何だか俺がいじめられている感じがするので止めて欲しい。

「ど、どうした？　……ははーん、アイリスもそろそろお年頃《としごろ》だもんな、男の体に興味が湧《わ》いてきたのか？　おいおいダメだぞ、俺の体を弄《いじ》くるのは」

「そ、そんな事しません！　お兄様こそ私の体にいたずらしませんよね⁉　……そ、その……一度でいいから、家臣を連れずに城の外へ出てみたいんです……」

叱《しか》られるのを怖《こわ》がる子供の様に、アイリスは恐《おそ》る恐るこちらを窺《うかが》いながら言ってくる。

普段《ふだん》は常に家臣が付きっきりで、生まれ育った街だというのにロクに見て回った事もないのだろう。

もし見て回れたとしても、ぞろぞろと護衛を連れたままでは満足に店を覗《のぞ》く事すらできないはずだ。

だが、今の姿なら堂々と外を出歩ける。

……しかし、世間知らずのアイリスを一人で行かせていいものだろうか？

俺が返答に困っていると、それまで黙《だま》っていためぐみんが息を吐いた。

「まったく、しょうがないですね。その姿のカズマが付いていく訳にもいかないですし、私が一緒に行きましょう。大丈夫、私は家臣の人達みたいにとやかく言いません。気に入らない相手に喧嘩《けんか》を売っても、見守っていてあげますよ」

「そこは止めろよ、お前何のために付いていくんだよ！」

アイリスは、嬉々《きき》として立ち上がると。

「では、行きましょうお姉様！」

「あ、あの……。さっき自分でお姉様と呼べと言っておいてなんなのですが、やっぱりめぐみんでお願いします……」

……コイツが護衛で大丈夫なんだろうな。

「めぐみんさん、よろしくお願いします！」

「任せてください。この私が、買い物の際の値切り方から売られた喧嘩の買い方まで、色んな事を教えてあげます」


本当に大丈夫なんだろうな！

6

アイリスとめぐみんを送り出した俺は、現在、クレアを連れて城内を練り歩いていた。

二人が城から出て行ってしまった以上、王女が一人で俺の部屋にいるのもおかしな話だ。

アイリス達が満足して帰ってくるまで、適当に時間を潰《つぶ》そうと思ったのだが……。

堂々と歩む俺に向け、皆が頭を下げてくる。

それらに対し、俺は大仰《おおぎょう》に頷《うなず》き返していった。

ヤバい、これは気分が良い、クセになってしまいそうだ。

「……アイリス様、あの男の部屋で何かありましたか？　先ほどまでと雰囲気《ふんいき》が……。ひょっとして、また何か良からぬ事を吹き込まれましたか？」

後ろを歩くクレアが、失礼な事を言ってくる。

「クレア、カズマ様に対してその様な事を言ってはいけません。あの御方《おかた》は素晴《すば》らしい人です。我が国の歴史の教科書に名前を載《の》せても良いくらいですよ？」

「アイリス様、本当に何を吹き込まれたのですか!?　やはり、あの男は始末しておいた方がよいのでは……」

本人の後ろで、そんな物騒《ぶっそう》な事を考えないで欲しい。

城内をウロウロしていると、そこかしこに冒険者の姿が見えた。

夜の戦勝パーティーのため、それまで時間を潰しているのだろう。

よく見ればそこにいたのは、今回の戦いで特に活躍《かつやく》した連中だ。

黒髪《くろかみ》黒目の連中が多い事から、恐らくは俺と同じ日本人なのだろう。

同郷の者としてちょっと話をしてみたいが、この姿のままでは不都合だ。

「あれ、アイリス様とクレアさんじゃないですか」

と、その中から、見覚えのある冒険者が声を掛《か》けてきた。

その冒険者を見てクレアが嬉《うれ》しそうに言葉を返す。

「これはミツルギ殿《どの》、今回も素晴らしいご活躍をなされたそうで！　あなたには、いつも危険な先陣《せんじん》をきって頂いて申し訳ありません」

声を掛けてきた冒険者はミツルギだった。

ミツルギは、こちらに爽《さわ》やかそうなイケメンスマイルを向けながら。

「いいえ、あれぐらい大した事でもありません。それに、この国の人々やアイリス様を守るのが、僕の使命だと思ってますから」

そう言って、俺の頭に手を置いて、ポンポンと優《やさ》しく撫《な》でた。

「クレア、気安く私《わたくし》の頭を撫でた、この男を死刑《しけい》にしなさい」

「ええっ⁉」

「アイリス様、先ほどから様子が変です。本当にどうなされたのですか⁉」

どうせ色んな女の子相手に、頭を撫でたり笑い掛けたりして無意識の内に落としまくっているのだろう。

天然たらしのミツルギをシッシと追い払《はら》うと、俺は引き続き城の探索《たんさく》を続行した。

俺が城内をウロウロしているのには訳がある。

「ねえクレア、ララティーナは？　色々とからかい……じゃなくて、今回の戦《いくさ》で頑張《がんば》った様なので、労《ねぎら》ってあげたいのですが」

「ダスティネス卿《きょう》は、戦闘《せんとう》で炎《ほのお》の魔法《まほう》を受け、煤《すす》だらけになられたので、今は入浴を……」

「クレア、今すぐ案内なさい！　私も一緒に入って背中の流しっこをします！」

「アイリス様!?　本当にどうなされたのですか。王族が家臣である貴族の背中を流すなど、いくらダスティネス様相手であっても……」

「クレアも日頃《ひごろ》の感謝と労いを込めて、私が背中を流してあげます。嫌ですか？」

「めっそうもありませんアイリス様！　参りましょう、ささ、すぐさま参りましょう！」

日頃から、アイリスに対して異様な忠誠心を示していたクレアは、ちょっと危険な表情で、ソワソワしながら先を急ぐ。

城の浴場に着いた俺達が脱衣《だつい》所に入ると、丁度風呂《ふろ》から上がったらしいダクネスと鉢合《はちあ》わせた。

残念な事に、もう着替《きが》えは済ませた様だ。

「これはアイリス様、パーティーの前に身を清めておくのですか？」

ダクネスが、タオルで髪《かみ》を拭《ぬぐ》いながら微笑《ほほえ》んできた。

「いいえ、戦闘で大活躍したラティーナの背中を流してあげたくて……。でも、遅《おそ》かったみたいね。残念だわ……」

言いながら、俺がしゅんとした表情で俯《うつむ》くと、ダクネスは慌《あわ》てふためき。

「い、いえっ！　アイリス様のご好意を無駄《むだ》にするなどめっそうもありません！　まだまだ時間もありますし、もう一度入りましょうか！」

そう言って、慌てて服を脱《ぬ》ぎだした。

「ダク……ッ！　ラ、ララティーナ、ちょっと待って、そんな風に恥《は》じらいもせず、目の前で堂々と脱がれると心の準備が……！」

「ア、アイリス様、どうなされました？　随分《ずいぶん》とお顔が赤いのですが……」

服を脱ぎかけのダクネスが、心配そうにこちらを覗き込んでくる。

顔が近いし下着が見え……、いや、こいつブラ着けてないっぽい！

ああそうか、この後パーティーでドレス着るから、ブラ着けると線が出ちゃうのか！

ぼーっとダクネスをガン見していると、いつの間に脱いだのか、タオル一枚になったクレアも心配そうな顔でこちらを見つめ……。

「アイリス様、お加減が悪いのですか？　そういえば先ほどから、大分ご様子が……」

そう言って、ヒンヤリとした両手で俺の頬《ほお》を挟《はさ》み……！

……俺は今、あらためて理解した。

俺より先に来た転生日本人が、なぜこの神器を求めたのかを。

元《もど》に戻れば、アイリスに、石鹸《せっけん》の匂《にお》いなどで風呂に入った事がバレてしまうかもしれないが、ここまできたら後の事なんてもう知るか。

日本の偉大《いだい》な先人達が、こんな言葉を残していった。

明日《あした》の事は、また明日考えよう、と。

幸運の女神《めがみ》エリス様。俺は自分の運の強さを、今こそ深く、感謝します……。

半裸《はんら》の美女二人に囲まれながら祈《いの》りを捧《ささ》げ、俺は自分の服に手を掛けると……。


そこで、ふっと意識が遠くなっ──


「──上等じゃねえか、てめえ、兄貴にそこまで言うからには覚悟《かくご》はできてんだろうな！」

「こ、この野郎《やろう》、兄貴に向かってひでえ事言いやがる！　見ろ、兄貴がへコんでるじゃねえか！」

「バ、バカ言ってんじゃねえ、別にへコんでなんかいねえし！　こんな酷《ひど》い罵声《ばせい》を浴びせられたのは初めてだったから、ちょっと驚《おどろ》いただけだ！」

俺の目の前には、人相の悪い三人の男がいた。

……エリス様、こんな寸止めはあんまりですよ。

7

「その調子です、よく言えましたね！　では、最後のキメのセリフです！『……さあ、もうお喋《しゃべ》りの時間は終わりだ。俺も暇《ひま》じゃないんでね。お前達には、ここで経験値になってもらう……！』これを言えれば合格です、後はこの連中をボコボコにしてやりましょう！」

俺の背中ではめぐみんが、鼻息荒《あら》くそんな事を。

……まて、何だこれ。これはどういう状況《じょうきょう》だ。

元に戻ったのは分かったが、アイリスとめぐみんは一体何をやらかしたのか、喧嘩が始まる直前な感じだ！

「バカにしやがって……！　いくぞこらあっ！」

兄貴と呼ばれていた目の前の男が、一体何を言われたのか涙目《なみだめ》で殴《なぐ》り掛かってきた。

「ぐあっ!?　こ、この野郎！　俺が今、人を背負ってるのが見えないのかよ卑怯《ひきょう》者が！

やるんならコイツを下ろしてからにしろ！」

「卑怯者!? おお、お前、『貴様らの様な雑魚《ざこ》を相手に本気が出せるか。これはハンデだ、ついでに三人まとめて相手してやる』って言ったのはそっちだろうが！」

「兄貴をどこまで貶《おとし》めれば気が済むんだ！ 兄貴がお前に何したってんだよ！」

「構わねえ、もうコイツらぶっちめてやろう！ いきなりチンピラ呼ばわりしやがって、痛い目見せてやる！」

殴られた俺の言葉に、三人が激昂《げっこう》し襲《おそ》い掛かってきた。

「カズマ、元に戻ったのですね！ 私も参戦できる様ドレインタッチで魔力《まりょく》をください！」

「ていうかこの状況、お前が喧嘩《けんか》売って作ったんだろ！ お前が何とかしろよな！」

俺は殴られた頬をさすりながら、涙目でめぐみんに魔力を注いだ――！

「――所詮《しょせん》はチンピラでしたね。私の圧倒《あっとう》的な力の前では仕方のない事ですが」

「お前、魔法使《まほうつか》い職とはいえ高レベル冒険《ぼうけん》者なんだから、一般《いっぱん》人相手に本気で殴りかかるなよ」

一応三人を相手に勝利したものの、野次馬《やじうま》が集まってきたのであの場を後にした俺達は、今は城へと帰っていた。

「本当は王女様に活躍させてあげたかったのですが、良いところで元に戻ってしまいました。そこがちょっと残念でしたね」

「いや、アイリスにもしもの事があったらどうするつもりだったんだお前は。か弱いお姫《ひめ》様《さま》を喧嘩に巻き込むなよな」

俺の言葉にめぐみんは、キョトンとした表情で。

「何を言っているのですか、王族は強いのですよ？　王家の人達は元からの才能に加え、幼い頃《ころ》から身を守るための英才教育も受けています。あのお姫様は、ハッキリ言ってカズマよりも強いはずですよ？　たとえカズマの体で喧嘩したって楽勝だったでしょうね」

マジかよ。

「ていうか、そもそも何で喧嘩になったんだ？　あの人相の悪い連中に何されたんだ？」

「実は、王女様と色んな店を巡《めぐ》った後、人気《ひとけ》の無いあの路地で連中に出くわしたのですよ」

なるほど。そしてそのまま絡《から》まれたのか……。

「で、普通《ふつう》そんな状況で私みたいな女の子を見かけたら、『良い女連れてるじゃねえか。そいつは俺達が可愛《かわい》がってやるから置いて行けよ』って絡むものではないですか。ところが私を一瞥《いちべつ》しただけで声も掛けてこなかったので、この根性《こんじょう》無しと散々罵倒《ばとう》してやったのです」

「お前らがチンピラじゃねーか！　罪も無い人に絡んでんじゃねーよ！」

ど、どうしよう、謝ってこようか……。

「まあ、挑発《ちょうはつ》したのは事実ですが先に手を出してきたのは向こうですからね。大丈夫《だいじょうぶ》、もし裁判になっても勝てます。ちょっと言われたぐらいで手が出る方がいけないのです」

「普段《ふだん》、何か言われたら一番我慢《がまん》ができないお前が言うなよ！　ああもう、もし今度会ったら謝っておこう……」

俺が頭を悩《なや》ませていると、やがて城に帰り着いた。

「まあ、色々ありましたが王女様は凄《すご》く楽しんでましたよ？　屋台の食べ物も初めて食べたみたいで、喜んでましたし」

「むう……。それならまあ、良かった……のか？　また、俺のせいで悪影響《あくえいきょう》を受けたとか言われないだろうなあ……」

「……カズマは、どうにもあの子に甘いですね。年下なところとか、この私と色々キャラが被《かぶ》っていて、何だか微妙《びみょう》に不安なのですが」

「お、お前、あの大人しめな性格の高貴な美少女と、キャラ被ってるって言い張るつもりなのか」

めぐみんとそんな事を言い合いながら、城門をくぐった俺を。

仁王立《におうだ》ちで腕《うで》を組み、ガチ切れ状態のダクネスとクレアが待っていた。

8

目立たない様パーティー会場の隅《すみ》っこにいた俺の下《もと》に、高そうな酒の瓶《びん》を、大事そうに抱《だ》きかかえたアクアが近付いてきた。

「ねえカズマ。あなたって、どうしてそんなにバカなの？　普段私をバカ扱《あつか》いしてるけど、今なら言えるわ。ねえ、カズマさんて、極上《ごくじょう》の大バカなんでしょう？」

俺は、酒瓶《さかびん》を宝物の様に抱き締《し》めるバカに、何も言い返す事ができなかった。

「違《ちが》うんだよ。俺だって、最初はあんな事するつもりはなかったんだ。でも、何て言うか……。城を歩いてたら色んな人にペコペコされて、何だか、自分は何をしても許される存在なんじゃないかって気になってきて……！」

「やっぱりバカなんでしょう？　パソコンで『バカ』ってキーワードを検索《けんさく》したら、カズマの名前が一番初めに出てくるくらいにバカなんでしょう？」

コイツが抱いてる酒瓶を取り上げ泣かしてやりたいが、ぐうの音も出ない。

俺が元の体に戻った瞬間《しゅんかん》、当然ながらアイリスは風呂場《ふろば》の脱衣所にいたらしい。

そして、急に様子が変わって取り乱したアイリスに、クレアとダクネスが事情を聞いたところ……。

「アイリスまであんなに怒《おこ》るだなんて……。くそう、お兄ちゃんもう生きていけない……」

「……もう、今日はこのまま隅っこで、目立たない様にジッとしてなさいな。私が、何か美味《おい》しい料理取ってきてあげるから」

いつになく優《やさ》しいアクアに、弱っていた心が癒《い》された。

何だかんだでこいつも女神、本当に苦しい時は頼《たの》もしいなあ……。

元の体に戻る直前、俺が何をやっていたのかを知ったためぐみんは、ダクネスと共に口を利《き》いてくれなくなったってのに。

「やっぱ、一番付き合いが長いだけはあるな。アクアの寛容《かんよう》さを他《ほか》の皆《みな》にも見習わせたいよ。てかさっきから気になってたんだけど、お前が抱いてる酒は何なんだ？　そういや昨日、俺と街に出て良い酒が無いかって探してたもんな。お土産《みやげ》でも買ったのか？」

「これはね、お城の人達が私達が活躍《かつやく》した事を称《たた》えて、何か特別な報酬《ほうしゅう》を与えたいって言うからね？　何か望みはありますかって聞かれたんだけど、皆は忙《いそが》しそうだったし。それで、私がパーティーを代表してこのお酒を貰《もら》ってきたの」

コイツ、俺達皆の報酬を勝手に決めやがったのか。

アクアが持っていても酒瓶を落としたりしそうだ。

屋敷《やしき》に帰るまでは、俺が代わりに預かっとこうと手を伸《の》ばす。

「しょうがねえなあ。まあ、アクセルに帰ったら皆で……」

飲むか、と続けようとした俺の手を、アクアがペシッと払《はら》いのけた。

「……何だよ、何すんだよ。お前はまたどうせ、転んだりその辺に置き忘れてきたりして、せっかくの高い酒をダメにしちゃうだろ。お前が買ってきた酒ならそれでもいいけど、皆の活躍が認められて貰った酒なんだし。ほら、持っといてやるからそれ寄越《よこ》せよ」

「嫌《いや》よ。私が貰った物なんだから、これは誰《だれ》にもあげないわよ？　だって、これをくれた人が言ったもの。『いや、皆様《みなさま》本当にご活躍なされましたが、中でもアクア様の功績は素《す》晴《ば》らしかった！』って。今回は、私のおかげで死者が出ずに済んだって喜んでたわ。なら、これくらいのご褒美《ほうび》があっても良いと思うの」

「おい、皆で頑張《がんば》った結果だろ⁉　何か高そうな酒だし俺にも……あっ、こいつっ‼」

酒瓶を抱きかかえたアクアは、大事な酒を取り上げられまいと慌《あわ》てて逃《に》げていく。

おかげで一人になってしまった……。

――会場のあちこちでは、活躍した冒険者を中心として人だかりができている。

そして、人だかりからはずれた貴族達も、今回の戦闘《せんとう》の話題で盛り上がっていた。

「いや、今回の戦《いくさ》は楽勝でしたな！　何せ、ダスティネス様率いるパーティーが、獅子奮《ししふん》迅《じん》の活躍をしたのが大きかった！」

「いやまったく！　敵の攻撃《こうげき》を一手に引き受けたダスティネス卿《きょう》、大量のアンデッドをあっさり浄化《じょうか》し、どんな重傷でも瞬《また》く間に癒やしたアクア殿《どの》。そして、引き揚《あ》げようとした魔王《まおう》軍に、トドメを刺《さ》しためぐみん殿！　この三人だけで、下手《へた》したら魔王ですら倒《たお》せてしまうのではないでしょうか？」

「確かに、お三方ならば魔王相手にも互角《ごかく》に戦えよう！　いやそもそもあのお三方は、これまでに魔王軍の幹部を葬《ほうむ》ってきたと聞きます。いやはや、さすがと言うべきか……」

「それに加え、王国が誇《ほこ》る魔剣《まけん》の勇者、ミツルギ殿よ！　彼がお三方に加われば、魔王すら圧倒する最高のパーティーになるのでは……？　彼のパーティーには、アーチャーや槍《やり》使《つか》いの少女もおられたはず。完璧《かんぺき》なバランスのとれたパーティーとなるだろう」

「「「「それだ！」」」」

おっと、そのパーティー編成だと、一人仲間はずれがいませんか？

いやまあ、自分でも分かってはいるのだ。

今回ちっとも活躍できなかったどころか、よりにもよってコボルトに殺されてしまった訳で。

そんな俺に向けられる視線はといえば……。

「アレが、例の……」

「ああ、アレ。あいつがクレア様の言っていた、口だけの……」

「聞けば職業は最弱職の冒険者で、レベルも低いらしいぞ」

「まったく、ダスティネス様もなぜあんなのを仲間なんかに……」

「大方、人に取り入るのが上手《うま》い男なのだろう。何せアイリス様にも取り入り、この城への移住を計画しているとか……」

言いたい放題言いやがって。でも本当の事も混じってるから文句も言えない！

会場の隅でポツンと立つ俺とは対照的に、他の連中は貴族はおろか、冒険者達にも取り囲まれ称えられていた。

めぐみんの周囲には魔法使い職とおぼしき人達が。

そしてアクアの周りには、傷を癒やしてもらった人達が人だかりを作っている。

ミツルギは王都の顔役なのか、手慣れた様子で集まってくる人達に挨拶《あいさつ》していた。

取り巻きの人達は、なんか女性の比率が多い気がするが。

よくよく見ていると、めぐみんは褒《ほ》め称《たた》えられて調子に乗りまくっている様だが、アクアはなぜか、未《いま》だ酒瓶を抱きかかえたまま、近付いてくる人達を追い払っていた。

どうやら、自分の酒が狙《ねら》われていると妙《みょう》な勘違《かんちが》いをし、警戒《けいかい》している様だ。

そして……。

「そうだよなあ、アイツ、何だかんだいって、デカい貴族のお嬢様《じょうさま》なんだよなあ」

ドレス姿のダクネスは、先日のパーティーとは違い、今日は一般《いっぱん》の冒険《ぼうけん》者達も参加している戦勝祝いのためか、王族や一部の上級貴族と共に特別なテーブル席で歓談《かんだん》していた。

その周囲には近衛騎士《このえきし》とおぼしき人達が警護をし、とても近づける雰囲気《ふんいき》ではない。

何というか、今更《いまさら》ながらに身分の差を感じ、ちょっとだけ寂《さび》しさを覚えてしまう。


——と、そのテーブル席にいたアイリスと目が合った。

さきほどはえらい勢いで怒っていたアイリスだが、今はこちらを見つめ、何だか寂しそうな顔をしている。

俺も明日には帰るのだ。

最後に見るのがアイリスの怒り顔じゃなくて良かった。

本当は、笑い顔が見たかったのだが……。

「何だ。まだこの城に残っていたのか」

と、ぼっちと化していた俺に、突然《とつぜん》声が掛《か》けられる。

パーティー会場だというのに相変わらずの白スーツ。

声を掛けてきたのは、グラスを片手にこちらを睨《にら》み付けてくるクレアだった。

今回の戦闘ではちっとも役に立たなかったどころか、先ほどの入れ替《か》わり事件のせいで、俺に対する言葉遣《ことばづか》いも出会った当初とはすっかり違うものになっていた。

これも、俺の悪影響といえるのだろうか？

「今宵《こよい》の主賓《しゅひん》である、ダスティネス卿や他の方には城に泊《と》まって頂くが、貴様はもう帰っていいぞ」

「……いや、怒るのは分かるんだけどさ。俺も、さすがにちょっと調子に乗りすぎたとも思ってるし。でも、最後くらいはもっと優しくしてくれよ。お前だって、アイリスと一緒《いっしょ》にお風呂《ふろ》に入れてちょっと嬉《うれ》しかったりするんだろ？」

「バ、バカな、貴様は何を言っている！　そんな、アイリス様とのお風呂を喜んだりなど、そんな……、そんな……。まあそれに関してはもういい。その件は不問にしてやる」

コイツ、絶対アイリスに忠誠心以上の感情を持ってるだろ。

特殊《とくしゅ》な性癖《せいへき》のダクネスといい、アルダープのおっさんといい、貴族ってのはこんな連中ばかりなのだろうか。

「これで義賊捕縛《ぎぞくほばく》に続き、今回も貴様は何の成果も挙げられなかった訳だ。……まったく、貴様はとんだ口だけ男だったな。聞けば魔王軍の幹部を退治したのも、幹部に直接トドメを刺したのは、ダスティネス卿やあの魔法使《まほうつか》いらしいではないか」

またいきなり辛辣《しんらつ》だな。

「俺の役割はあいつらのフォローなんだよ。ていうか、あいつらにだって欠点はあるんだぞ？」

「その欠点の話も既《すで》に聞いた。だが、そんなものはこの国がバックアップすれば大した問題にはならないだろう。あの方々には今後、ミツルギ殿のパーティーに入ってもらう様、要請《ようせい》がいくだろうな。そうすれば、魔王討伐《まおうとうばつ》の悲願も達成されるのではないか？　貴様はもう、十分に金はあるのだろう？　パーティーを抜《ぬ》け、あの街でのんびり暮らしていてはもらえないか？」

コイツ、いきなり何言ってんだ。

「のんびり暮らすってのは大賛成だが、何勝手に引き離《はな》そうとしてんだよ。以前にも、俺に似た様な事言ったチンピラがいたが、アクア達とパーティー組んで泣いて帰ってきたぞ。お前らにアイツらのフォローができるのかよ？」

「今回の戦闘の様に、集団でフォローすれば良いのだ。一つの事に秀《ひい》でた彼女達の力は、大規模な集団戦でこそ生かされる。そして貴様は彼女達の様に、誰にも負けない特技はあるのか？　……まあ、考えておく事だ。もっとも、貴様がミツルギ殿や彼女達以上の能力を発揮できるというのなら、こんな話は鼻で笑ってもらってもいいのだがな」

コボルトに殺されたその日に実力を示せというこのドS女は何なのだろう。

もういい、これ以上こんな城に居られるか、俺は宿に帰るぞ！

……ああ、そうだ。

「その事は置いといて。アイリスが着けてたネックレスはどうなったんだ？　あんな物はもう持たせるなよ。アレって神器らしいからな。俺の仲間のアクアに渡《わた》してくれれば封印《ふういん》してくれるそうだから、アイツに預けてくれないかな」

と、俺の忠告に対してクレアが意外な事を言い出した。

「それはできん。アレは元々、第一王子ジャティス様へ贈《おく》られた献上品《けんじょう》だ。まだジャティス様が戻《もど》られていない以上、それを勝手に処分する訳にはいかぬ。……というか、短い間体を入れ替えるだけの神器だ。そこまでの危険はなかろう？」

そう言って、ちょっと顔を赤らめふいっと横を向くクレア。

……コイツ、今日の騒動《そうどう》でちょっとだけ味を占《し》めやがったな。

まあいいか、キーワードさえ唱えなきゃタダの装飾《そうしょく》品だし。

それに入れ替われる時間だって、短いものだ。

と、クレアが薄《うす》く笑い、言ってきた。

「そんな事よりも。貴様には、明日中に王都から出て行ってもらう。この王都に、貴様の力は必要ない。無理に居座るとでも言うのなら、力尽《ちからず》くで追い出してやる。まあ、今日のところは引き続きパーティーを楽しむと良い。……楽しめるほどの戦果を挙げたのならな？」

9

宿に泣いて帰った俺は、一人、暗い部屋の中で喚《わめ》いていた。

「悔《くや》しいっ！　何だあの女、最後の最後まで嫌味《いやみ》言いやがって！　いや、俺も悪かったけど！　むしろ、俺が悪かったんだけどさ!!」

ダクネス達は周りの連中が離れようとしないため、最後までパーティーに参加し、今日は城に泊まるらしい。

……アイツら、本当にミツルギのパーティーにいくとか言わないよな？

なんだろうこの疎外感《そがい》。

今までは、早くアイツらを放《ほう》り出して、まともなパーティーに入りたいと思っていたはずなのに、本当にそうなるかもと考えると、なぜか不安が……。

クソ、もう知るか！

アクセルに帰って、シルビアの討伐賞金とバニルからの報酬《ほうしゅう》で遊んで暮らしてやる！

街に帰ったらまず何をしようか。

遊んで暮らすといっても、毎日寝《ね》てばかりじゃさすがに飽《あ》きがくる。

この世界にはゲームもパソコンもないのが痛いな。

いや、そういえばアクアが、紅魔の里からゲーム機持って帰ってたな。

よし、あいつからアレを取り上げて、毎日ゲーム三昧《ざんまい》だ。

俺はそんな事に思いを馳《は》せて、ふと気付く。

……アイリスと、例のゲームできちんと決着を付けてなかったなあ……。

と、俺がアイリスの事を考え、眠《ねむ》れないまま悶々《もんもん》としていた、その時だった。

部屋の窓が外からコツコツと叩《たた》かれる。

――窓の外を見ると、そいつは事もなげに二階の窓枠《まどわく》の縁《ふち》に立っていた。

月明かりの下、そこにいたのは銀色の髪《かみ》の盗賊娘《とうぞくむすめ》。

俺が窓を開けてやると、クリスはするりと部屋に入ってくる。

「やあ。今日はパーティーじゃなかったの？　また随分《ずいぶん》と早いお帰りだね？」

そう言って、全《すべ》てを見透《みす》かしたかの様に笑うクリスは、既に事情を知っているのだろう。

神器の事といい、パーティーでの事といい、なぜこんなにも情報通なのだろうか。

盗賊職のみが所属可能な、盗賊ギルドなんて物があるのかもしれない。

「何度来ても答えは同じだからな？　一応手に入れた情報を教えてやるよ。城には、体を入れ替える神器があった。でも入れ替わっていられるのは本当に短い時間だし、モンスターを召喚《しょうかん》する魔道具《まどうぐ》とは違《ちが》って、それほど危険はないと思うぞ」

俺は寝転がったままそう言った後、ふてくされた様に、ゴロンと背を向けた。

というか、今夜くらいはアイリスの思い出に浸《ひた》らせて欲しい。

死んだ時にエリス様にもお願いされた案件だが、今だけはやる気が出ない。

そんな、半ばいじけた俺の背に向けて。

「あの魔道具はね。体を入れ替えている最中に片方が死ぬと、元に戻らなくなるんだよ」

クリスが、何でもない事の様にポツリと言っ……。

「……おい、今何て言った？」

ベッドからガバッと起き上がり、俺はクリスに聞き返す。

慌《あわ》てた俺を見て、クリスは小さく笑いながら。

「あの魔道具は、使い方によっては永遠の命だって手に入れられる凄《すご》い物なんだよ。自分の体が衰《おとろ》えてきたら、若くて健康な人と体を入れ替え、相手を殺せばいいんだからね。体を入れ替える前に、自分の財産を渡したりしておけば尚《なお》よしだね」

そんな、シャレにならない事を言ってきた。

……なるほど、それは確かに神器だ。

しかし、今その神器の本当の力を知っているのは俺とクリスだけだ。

このままそっとしておいても、誰《だれ》にも分からなければ悪用されないんじゃないのか？

「あの魔道具はね？　最初は確かに、どこかの貴族に買われたはずなんだよ」

そんな俺の考えを見透かした様に、クリスは静かに言ってくる。

「でもね？　それが、いつの間にか王女様の手元《もと》にあった。……おかしいよね？　一体誰が、何の目的で王族の下にアレを贈ったんだろう？」

……そんなの、目的は決まっている。

この国の最高権力者と体を入れ替え……。

「おい、これってシャレになってねーぞ。急いで国のお偉《えら》いさん方に報告しないと……！」

俺の言葉に、クリスは少しだけ悲しそうな顔で首を振《ふ》り。

「それは止《や》めた方が良いね。神器の力を知った人達が、それをどうするか分かるかい？　断言するよ。まず間違《まちが》いなく、国中の貴族達が神器を狙《ねら》ってくるだろうね。……それどころか、王族ですらも神器を悪用するかもしれないよ？　ううん、むしろ権力者であればあるほど、永遠の命なんてものを欲しがるもんさ」

何も言えないでいる俺に。

「この話をキミに教えたのは、キミなら神器を手にしても、悪用しないって思ったからさ」

そんなに深い仲でもないのに、どうしてコイツは俺を簡単に信用するのだろう。

そりゃまあ、こんな物を悪用できるほどの度胸はない。

アイリスと入れ替わった時も、精々誰かと一緒に風呂に入ろうとする程度だった。

……あれっ。俺も結構悪用してる気が……。

尚も黙《だま》り込んでいる俺に向け。

「ねえ。キミって、王女様の遊び相手係なんだよね？」

月の光を背景に、再び窓際《まどぎわ》に立ったクリスが笑う。

「今から王女様のところへ遊びに行かない？」

第五章　この忌々しい企みに終止符を！

1

夜の闇《やみ》に包まれた王都の中を、俺とクリスは城へと向かう。

クリスいわく、城に侵入《しんにゅう》するなら今夜が一番良いらしい。

魔王《まおう》軍に圧勝した事で浮《う》かれ、兵士達もこの日ばかりは警戒《けいかい》が緩《ゆる》くなっているからだ。

「ねえ、それって何？　ちょっと格好良いね、一体どこで手に入れたの？」

口元を黒い布で覆《おお》ったクリスが、俺の姿を見て言ってくる。

「これはアクセルの街の、とある魔道具店の怪《あや》しげな店員から貰《もら》ったんだ。これって一応、売れ筋商品らしいぞ？」

万一見つかった時に備え、俺は正体を隠《かく》すため、バニルに貰った仮面を身に着けていた。

「へー？　それ、あたしも一つ欲しいな。その怪しげな店員さんってどんな人？」

「どんな人……？　……ゴミ捨て場を荒《あ》らすカラスをマメに追い払《はら》ったりして、ご近所の奥さんから、カラススレイヤーのバニルさんとか呼ばれてるらしいが」

「へええ、立派な人じゃないか！　その人には、ぜひ一度会ってみたいね！」

実際に会ったら引かないだろうか。

というか、あの悪魔《あくま》が敬虔《けいけん》なエリス教徒のクリスと顔を合わせたら、絶対ロクな事にならない気がする。

俺達の目的は、城に侵入しアイリスのネックレスを奪《うば》う事。

生まれてこの方、セクハラを除き、立ちションや信号無視くらいの犯罪しかした事のない俺にとって、こんな犯罪らしい犯罪となるとさすがに緊張《きんちょう》してくる。

人を傷付ける気はない上に、そんな度胸もないので刀は宿に置いてきた。

身軽に逃《に》げられるように胸当ても外し、少しでも闇に溶《と》け込める様、服は真っ黒な物に着替《きが》えてある。

弓の方は、色々侵入にも使えるので持ってきたが……。

やがて足を止めたクリスが、離《はな》れたところにそびえ立つ城を見上げ。

「じゃあ下っ端《ぱ》君、覚悟《かくご》はいいかい？」

「俺はいつでも大丈夫《だいじょうぶ》だよおやびん」

「……」

「ねえ、おやびんは止めて欲しいんだけど」

「じゃあ、俺を下っ端呼ばわりすんのも止めろよな。大体、何で俺が手下みたいな扱《あつか》いになってるんだよ」

建物の陰《かげ》に隠れた俺達は、コソコソと囁《ささや》きあう。

「だって、あたしの職業は盗賊だよ？　本職だよ？　キミの職業は冒険者《ぼうけん》でしょ？」

「そうは言っても、千里眼っていう暗視スキルを持ってる俺の方が、盗賊家業をやるには向いてると思うぞ。実力的には俺の方が親分だろう？」

城に侵入した際に、お互《たが》い名前を呼び合う訳にもいかない。

そこで、先ほどから呼び方を決めているのだが……。

「ででも、この王都で義賊《ぎぞく》として名前を売ってきたのはあたしの方だよ！　このままじゃラチがあかないし、ここは一つ、何かの勝負でもして決めよう！」

「勝負ねえ。じゃあ、盗賊には運も必要って事で。俺とじゃんけん勝負ってのはどうだ？」

俺の唯一《ゆいいつ》の取り柄《え》は運の良さだ。

確かクリスは、俺のステータスまでは知らないはず。

「じゃんけんか。いいよ、やろうか！　そういえばキミには昔、スティール勝負で負けた事があったからね。今日はあの時の借りを返すよ！」

「ふふん、掛《か》かったなクリス！　俺はじゃんけんに負けた事だけは無いんだよ！　それじゃあいくぞ！　じゃーんけーん……！」


「――まずは、城内に侵入するところからだね助手君」

「ですね、お頭《かしら》。ここしばらく、城の中で伊達《だて》にニートをやってた訳じゃない。暇《ひま》を持て余してあちこちウロウロしてる間に、大体の城の造りは把握《はあく》した。案内は俺に任せろ」

生まれて初めてじゃんけん勝負で負けてしまった。

幸運の女神《めがみ》を崇《あが》める、エリス教徒の運の良さは伊達じゃなかった。

お互いに色々妥協《だきょう》した結果、現在の呼び方に。

俺達は、門番が立っている正門は避《さ》け、城の城壁《じょうへき》へと回り込む。

「助手君、こんなところから侵入するの？　壁《かべ》の高さがもの凄いよ？　三階くらいの高さだし、さすがのクリスさんもここからは……」

クリスが言い終わる前に、俺は弓を取り出し矢をつがえ。

「『狙撃《そげき》』！」

以前デストロイヤー戦で使った、先がフック状になったロープ付きの矢を放つ。

スキルの力で放たれた矢は、狙い違《たが》わず城壁の縁《ふち》にフックを掛けた。

ロープを引っ張り具合を確かめていると、クリスがぽかんと口を開け。

「助手君は便利だねえ。冒険者稼業《かぎょう》を引退したら、あたしと一緒《いっしょ》に悪徳貴族専門の盗賊団を結成しない？」

「貯《た》め込んだ金を使いきって、どうしようもなく暇になったら考えるよ。……よし、行くか！」

2

今の時刻は夜中の一時か二時くらいだろうか。

城の部屋の明かりは消え、皆《みな》が寝静《ねしず》まっているのが分かる。

「ここからは俺が先導した方が良さそうだな。暗視を頼《たよ》りにゆっくり行くから、お頭は俺の後を付いてきてくれ」

「了解《りょうかい》だよ助手君」

俺達の現在地は城の中庭。

目指すアイリスの部屋は、この城の最上階にある。

そして俺は、中庭から城内に到《いた》る扉《とびら》の前で、最初の難関に行き詰《づ》まっていた。

「お頭、大変です。扉に鍵《かぎ》が掛かってます」

「ここはあたしの出番だね。解錠《かいじょう》スキルが輝《かがや》く時だよ」

クリスは扉の前で屈《かが》み込むと、耳かきみたいな物を二本取り出し、鍵穴《かぎあな》をこちょこちょやりだした。

やがてカチリと音が鳴り、あっさりと扉が開く。

さすが本職。スキルポイントに余裕《よゆう》もあるし、俺もこのスキル取っとこうかな。

俺達は城内への侵入に成功すると、暗闇《くらやみ》の中を進んでいく。

もちろん俺が先導し、その後をクリスがくっついてきた。

今のところ、城内を見回る兵士もいない。

運の悪いアクアがいないだけで、こんなにも順調にいくものなのか。

「っと、誰《だれ》か来るな。敵感知に反応がある」

「そこの陰に隠れようか助手君。潜伏《せんぷく》スキルの発動を忘れない様にね」

俺達が物陰に隠れると同時、カツカツという靴《くつ》の音が響《ひび》いてきた。

恐《おそ》らくは見回りの人だろう。

「ね、ねえ助手君、どうしてそんなにくっつくの？　潜伏スキルを使ってるんだから、そこまでして隠れなくてもバレないよ⁉」

「油断は禁物ですよお頭。ほらもっと詰《つ》めてください、ほら早く早く」

クリスを物陰にグイグイと押し込み、自身もピタリと張り付いた。

「助手君、色々と近いんだけど！」

「お頭、これも神器を奪還《だっかん》し、世の平和を守るためです。我慢《がまん》してください！」

俺達が小声で言い合っていると、見回りの兵士が立ち止まった。

「……そこに誰かいるのか？」

誰何《すいか》の声と共にランタンの灯《ひ》でこちらを照らすが、潜伏スキルのおかげで見つけられなかった様だ。

「気のせいか……」

再び巡回《じゅんかい》に戻《もど》る兵士に、俺達は息を吐《は》く。

「まったく、だから言ったじゃないですかお頭。油断は禁物だって。俺の用心がなければ危ないところでしたね」

「いやいや、キミがあたしに声を出させなきゃ、そもそもこっちに注意もされなかったんだからね⁉　それにあたしにセクハラすると、そのうち女神エリスの罰《ばち》が当たるから！」

しまった、そういえばエリス様が見てるんだった。

最近自分でもどうかと思うほど、本能のままに行動し過ぎている。

少しは自重しなくては。


——広い城内を進んでいくと、やがて二階へ続く階段に出た。

アイリスの部屋は最上階にある。

そちらの方に向かおうとすると、クリスがくいくいと袖《そで》を引いてきた。

「ねえ助手君。できれば、この城の宝物庫に行っておきたいんだ。前に言ったでしょ？　現在王都には二つの神器が流れたみたいだ、って。例の、モンスターを操《あやつ》る神器もこの城にあるかもしれない。ていうか、アルダープって人の屋敷《やしき》と、この城くらいにしか、凄《すご》いお宝の気配がしなかったんだよね」

アルダープの屋敷ではアクアの羽衣《はごろも》に反応したんだろうし、残された神器の在り処《か》は城のみって事か。

「宝物庫は二階だな。階段を上ってすぐのとこだよ。見張りはいない。その代わり強力な結界が張られ、罠《わな》も仕掛《しか》けられてるらしいけど……」

「それなら大丈夫。あたしにはちゃんと用意があるから」

俺達は階段を上り、目的の宝物庫へ。

宝物庫の入口には、大した魔力《まりょく》を持たない俺ですら視認《しにん》できる、強力な結界が張られていた。

これを解けるのはアクアぐらいのものだろう。

と、クリスが懐《ふところ》から何かの魔道具《まどうぐ》を取り出した。

「これは、本来魔族だけが扱っている魔道具で、その名も結界殺し。そんな物を一体どうやって手に入れたのかは知らないけど、紅魔族の人達がこの結界殺しを売りに出してたらしいんだ。で、それを手に入れた貴族の家から、ちょっと拝借してきた訳さ」

結界殺し？

なんか、その魔道具の名前に聞き覚えが。

というか、どこかで見覚えもあるのだがどこだったか……。まあいいか。

クリスが魔道具を弄《いじ》ると、パキンという音と共に結界があっさり解けた。

「凄《すげ》えな。となると後は、罠に気を付けるだけか」

「そういう事。そして、罠発見や罠解除スキルを持ってるあたし達なら、引っ掛かる心配はほとんどないはず」

俺はライターを取り出すと、辺りを窺《うかが》い火を付けた。

宝物庫の中を照らしてやると、そこには整然と積まれた財宝の数々が。

「おっと、そこかしこに罠があるね。お宝を持ち去ろうとすると警報が鳴るみたいだ。目的の神器がなければ、ここにあるお宝には触《ふ》れないでおこうか」

クリスの言葉に頷《うなず》くと、俺達はそれらしい物がないかを探す。

とはいっても、モンスターを召喚《しょうかん》する神器の形が分からないので、お宝感知スキルを持っているクリス任せだ。

俺はといえば、見回りを警戒《けいかい》しつつ、宝物庫の中をキョロキョロしているぐらいで……。

……と、俺はある物を見つけてしまった。

「助手君、どうやらここには無いみたいだね。強力な魔道具が多いけど、どれもこれも、神器というほどでもないよ。……助手君？」

それは、宝物庫に置くには場違《ばちが》いな物だった。

そして俺にとっては、懐《なつ》かしい物でもある。

「漫画《まんが》じゃないか……」

そこには、日本から持ち込まれたと思われる漫画雑誌が置かれていた。

クリスは、懐かしい物を見る俺の表情に何か思うところがあったのか、物欲しそうに漫画を眺《なが》めている俺を見守っていた。

「その……。これを持っていこうとすると……」

クリスが言いにくそうに口籠《くちご》もるが、俺もその辺は分かっている。

「大丈夫《だいじょうぶ》。これは、俺の国にあった本でさ。懐かしいなって思っただけだよ」

俺の言葉に、なぜかクリスが申し訳なさそうな表情をした。

「そんな顔しなくていいさ。それに、この漫画は俺も持ってたヤツだし、別に……」

と、そこまで言って、俺は漫画の隣《となり》に置いてあった本に目が留まる。

……そこには極上《ごくじょう》の宝があった。

日本では所持しているだけで捕《つか》まりそうな、そんな、とてつもないお宝を、

「……それじゃ、行こうか助手君。……そうだ！　神器の封印《ふういん》を終えたら、あたしがキミの国の本を集めてあげるよ。だから……」

クリスがしんみりしながら何かを言う中、俺は迷う事なくゲットした。

「助手君——!!」

「——あっちだ、侵入《しんにゅう》者はあっちに逃《に》げたぞ！」

「侵入者は二人だ！　目的が分からんが、これ以上先に行かせるな！」

兵士達の罵声《ばせい》が飛《か》び交う中、俺とクリスは必死になって駆《か》けていた。

「クソ、なんて恐ろしいトラップだ！　この俺が引っかかるなんて……！」

「助手君、キミには後で色々と話があるよ！　キミってばフリーダム過ぎるだろう‼」

「お頭《かしら》、今は喧嘩《けんか》している場合じゃありません、ここを切り抜《ぬ》ける方法を考えないと！」

「それはそうなんだけど、キミが言うなよお！」

宝物庫の警報で目を覚ましたのか、城内の部屋に明かりが灯《とも》る。

「『クリエイト・ウォーター』！　そして、『フリーズ』！」

俺達は廊下《ろうか》を駆け抜けながら、あちこちに氷を張る。

やがて後方からは、罵声と悲鳴が聞こえてきた。

「助手君って本当に便利だね」

「言ってないで、お頭も何か手伝ってくれ！」

併走《へいそう》しながら呑気《のんき》な事を言ってきたクリスは、ピッと親指を立て。

「よし、お頭の実力を見せてあげるよ！」

そう宣言すると同時、クルリと後ろを振《ふ》り向くと、ポケットから何かを取り出した。

それは、金属製の細いワイヤー。

「『ワイヤートラップ』！」

クリスが、叫《さけ》ぶと同時にそれを投げる。

投げられた幾本《いくほん》ものワイヤーは、廊下の壁《かべ》に触れると同時、鉄条網《てつじょうもう》の様にビンと張った。

それはまるで蜘蛛《くも》の巣の様だ。

小柄《こがら》な者でもアレをくぐり抜けるのは困難だろう。

「時間稼《かせ》ぎ程度だけど、これで十分逃げられるよ！　助手君、この騒《さわ》ぎじゃもう無理だね、今夜は引き揚《あ》げるとしよう！」

クリスはそう言いながら腰《こし》の後ろからダガーを抜くと、窓を割って逃げる気なのか、辺りをキョロキョロと見回した。

「いや待ってくれ、俺的には今日の間に何とかしたい！　明日には王都を追い出されるんだよ！」

俺の言葉に、クリスは困った様に顔を引き攣《つ》らせ。

「そ、そう言われても……。盗賊《とうぞく》と冒険《ぼうけん》者の二人組だなんて、真っ正面からじゃあっさり捕まっちゃうよ!?　それにキミってば、そんなに頑張《がんば》るタイプの人だっけ!?」

クリスの言葉にふと気付く。

そういや俺は、なぜこんなにも必死になっているのだろう。

俺は熱血キャラでもないし、選ばれた勇者様でもない。

落ち着くんだ、俺はもっとクールな男だ。

そう。俺はアクセルに帰れば遊んで暮らせるのだ。

もう頑張らずにこのまま逃げて、自分の屋敷でのんびりと——

そう自分に言い聞かせるも、アイリスと過ごした日々が走馬燈《そうまとう》の様に思い出される。

俺にからかわれ、機嫌《きげん》を損《そこ》ねるアイリス。

ダンジョンで出会ったリッチーを成仏《じょうぶつ》させた話に、目を輝《かがや》かせて聞き入るアイリス。

俺にそそのかされて食堂でつまみ食いをし、クレアに注意され恥《は》ずかしそうにしながらも、俺と一緒《いっしょ》に叱《しか》られているのに、どこか嬉《うれ》しそうだったアイリス。

俺が吹《ふ》き込んだ適当な嘘《うそ》を、自信満々に他《ほか》の家臣達に話して回り、大恥《おおはじ》を掻《か》いたと泣きながら怒鳴《どな》り込んできたアイリス。

そして以前アイリスが、俺の質問に対して返してきたあの言葉——

『私《わたくし》、あなたの様な人に会ったのは初めてなんです。他の者がかしずく中、一人だけ物《もの》怖《お》じもせず、無礼で、あけすけで、王族の私におかしな事を教え込み、そして大人気なく全力で勝ちにきたり……』

それは、ちっとも褒《ほ》め言葉になっていなかったが。

『ええ、気に入った理由を話しているんですよ？』

あの子は、そんな素《す》の俺を気に入ってくれたらしい。

――自分でも、なぜこんなに入れ込んでいるのかは分からない。

そして、なぜアイリスがあんなに懐いてくれたのかもやっぱりよく分からない。

どうせもう何年か経《た》てば、アイリスも年頃《としごろ》のお姫様《ひめさま》だ。

そうなれば、身分の違《ちが》いでこんな怪《あや》しげな男との面会など許されなくなるだろう。

いや、この城を出れば、もう接点など無くなるのだろう。

となれば、兄代わりとして慕《した》われるのも今夜限りだ。

「助手君、やっぱりここは引き揚げよう！　キミがアクセルに帰っても、時間は掛《か》かるだろうけど、必ずあたしが何とかするから！」

でも、だからこそ……。

「お頭、俺……」

今までは、流されたり巻き込まれたりな俺だったけれど。

今度からとは言わず。

明日からとも言わず。

そう――

「たった今から本気出すわ」

「……助手君？」

「――ワイヤーが切断できました！　賊《ぞく》は……。逃げずに、まだあんな所に残ってます！」

道を阻《はば》んでいたワイヤーが撤去《てっきょ》され、俺達と兵士達を隔《へだ》てる物が無くなった。

「曲者《くせもの》共め、この城に入ってきた事を後悔《こうかい》させてやる！　どちらか片方だけは生かしておけ！　何の目的でこの城にやってきたのかを尋問《じんもん》する！」

抜き身の剣《けん》をぶら下げた、隊長格の男が物騒《ぶっそう》な事を叫んでいる。

俺達の前に立ち塞《ふさ》がり、こちらを観察していた兵士が男に告げた。

「隊長、片方はダガーを持っていますが、もう片方は丸腰《まるごし》の様です。あの、弱そうな丸腰の方を捕まえましょう」

それに対し、隊長と呼ばれた男が頷いて。

「確かにあの銀髪《ぎんぱつ》の方は強そうだな。よし、銀髪は手加減無しだ！　仮面の弱そうな方は二人もいれば十分だろう！」

——今夜の俺はどうしたのだろう。

本気出すという覚悟《かくご》を決めたからだろうか？

「相手は不届きな侵入者だ。何も、五体満足でなくともいい！」

絶好調。

「二人とも動きが止まっているな。……おい侵入者ども！　投降するなら今だぞ、場合によっては命だけは助かるかもしれん。さあ、大人しく……」

なぜか今夜の俺は絶好調だ。

——隊長と呼ばれた男が俺に向かって剣を構え。

「…………」

無言で、握手《あくしゅ》するかの様に出した俺の手を見て、構えていた剣先《けんさき》を僅《わず》かに下ろした。

「おっ？　そうか、投降するのか。よし、そっちの銀髪の坊主《ぼうず》も武器を捨てろ！　そうすればあああああああああああ——ッ⁉」

そして、俺の手を取ると同時に悲鳴を上げ、体を震《ふる》わせ崩《くず》れ落ちた。

「「「なっ⁉」」」

その場に居合わせた全《すべ》ての者……。

クリスでさえも、その光景を見て声を上げる。

隊長と呼ばれていた男は、それなりに体力もあっただろう。

だがモンスター並みの体力を持つダクネスならともかく、絶好調のドレインタッチの前には、ものの数秒も保《も》たなかった様だ。

「こ、こいつ、何しやがった⁉」

崩れ落ちた隊長の姿に、他の兵士達が後退《あとずさ》る。

それを見た俺は――！

「フハハハハハ！　絶好調！　絶好調‼　なんか知らんが絶好調だ！　今夜は俺の本気を見せてやる！」

「じょ、助手君⁉　さっきから様子が変だよ⁉　どうしちゃったのさ⁉」

俺は兵士達に襲《おそ》い掛かった――！

3

「お頭！　最上階への階段は、そこの角を右ですぜ！」

「う、うん、分かった！　そ、それより助手君？　何だかいつもと雰囲気《ふんいき》が……。口調も変だし、どうしたの⁉」

クリスと併走していると、先ほどと同じく背後から罵声が飛んでくる。

だが、さっきと少しだけ違うのは……。

「賊だあっ！　凄腕《すごうで》の賊が侵入《しんにゅう》中だ！　腕利《うでき》きの冒険者達を呼び集めろ！」

「良いか、決して単独では手を出すな！　相手は恐《おそ》ろしく凄腕だ、今のところはこちらに死者を出すつもりはない様だが、それでも決して油断はするな！」

「騎士《きし》団長、どうかこちらへ！　安全な場所に避難《ひなん》してください！」

「だ、だが、あの仮面の男を、これ以上進ませる訳には……っ！」

張《みなぎ》りまくっている俺に、兵士達が異様に怯《おび》えている事。

おおっと、前方に敵発見！

「オラオラ、銀髪盗賊《ぎんぱつとうぞく》団のお通りだ！　痛い目に遭《あ》いたくなければ道を空けろ！」

「助手君、いつの間に名前が決まったの⁉　大事《おおごと》になってきたし、もうキミがお頭でいいから、仮面盗賊団とかに……！」

俺は、前方で剣を構え、腰が引けている兵士に向けて……！

「『ウインド・ブレスッ！』」

「ぐあっ⁉　ちくしょう、小賢《こざか》しい真似《まね》しやがって……っあああああああああ⁉」

手の中に握《にぎ》り込んだサラサラの土を、風の魔法《まほう》で吹き散らす。

視力を奪《うば》われた兵士の手元を摑《つか》み、武器を押さえ込みながらドレインする。

接敵からわずか数秒で相手を無力化させると、俺は何事もなかったかの様に……。

「仮面盗賊団は却下《きやっか》です。俺が主犯格みたいで嫌《いや》ですよ」

「あたしだって主犯格として扱《あつか》われるのは嫌だよ！　こんなに大々的に名前売る気なんてなかったのに、今後、ヘタしたら銀髪ってだけで目を付けられちゃうじゃんか！　っていうかキミ、さっきから使ってるそのスキルは何⁉」

さすがにリッチーのスキルを使えるとは言えない。

「これは俺の必殺技《ひっさつわざ》です。必殺技なので詳細《しょうさい》は秘密です。そんな事より、相手が魔法を使ってきたらさすがの俺も防げませんので……。って、言ってる傍《そば》から魔法使い風のヤツがきました、任せますよお頭《かしら》！」

慌《あわ》てて飛び起きてきたらしい警備兵達が立ち塞がる。

鎧《よろい》姿の兵士が二人に、ローブ姿のヤツが一人。

「任されたよ！　そっちは、あたしのスキルで何とかするけど……！　『スキル・バインド』ッ！」

ローブ姿の魔道兵が魔法を唱えるより早く、クリスがスキルを発動させた。

「『ライトニング』ッ！　……あ、あれっ⁉」

魔法が発動しない事に戸惑《とまど》う魔道兵。

俺は走りながらロープを取り出し、

「『バインド』ッ！」

二人の兵士に投げつけた。

スキルにより魔力《まりょく》を込められたロープが、意思を持つかの様に兵士に巻き付き動きを封《ふう》じた。

クリスに教えてもらったスキルだが、こんな時には非常に使える。

なかなか強烈《きょうれつ》なスキルなだけあり、魔力消費が大きいのがネックだが……！

俺はローブの男に距離《きょり》を詰《つ》め、ドレインタッチで相手が倒《たお》れるまで魔力を奪う。

バインド使用で大量に失った俺の魔力が、あっという間に全快した。

「またやられた！　武器も持ってないのに何だアイツは⁉」

「冒険者《ぼうけん》は⁉　腕利きの冒険者達はまだか⁉」

悲鳴に近い声を上げる兵士達。

「そ、それが……。パーティーで出されたのが高い酒だという事で、ここぞとばかりに飲みまくり、酔《よ》い潰《つぶ》れている冒険者がほとんどで……」

「これだから冒険者は！」

後ろから聞こえてくるそれらの声にホッとする。

さすがに、高レベル冒険者が相手だと分が悪い。

「騎士や兵士は盗賊《とうぞく》スキル持ちの相手と相性《あいしょう》が悪い！　どうにかならんのか⁉」

「本来なら消費魔力の高いバインドは、連発できる様なスキルではないはずなのですが……！　ヤツは、大量のマナタイトでも持ち歩いているのでは……⁉」

「だが、マナタイトを取り出す様子も見えないぞ⁉　となると……」

「あの賊は、紅魔族に匹敵《ひってき》するほどの凄《すさ》まじい魔力の持ち主なのでは……！」

背後からは、兵士達のそんなやり取りが聞こえてくる。

俺の評価が勝手にどんどん上がってますが、ドレインタッチでこまめに吸ってるだけですよ。

と、そうこうしている内に俺達は……。

「ああっ⁉　マズイぞ、最上階に行かせるな！　賊の目的は分からないが、最上階にはアイリス様がっ……⁉」

アイリスがいる、最上階へと駆《か》け上ると。

「『ワイヤートラップ』！『ワイヤートラップ』！『ワイヤートラップ』ッッッ！」

クリスが階段の入口に、ワイヤーを張りまくる。

「よし、これでしばらくは誰《だれ》も通れないね！　さあ、あとは……！」

と、クリスがホッと息を吐《は》いた、その時。

「――あとは君達を捕《と》らえ、侵入した目的を聞き出すだけだね。……君達は何者だ？　街で噂《うわさ》の義賊《ぎぞく》なのかい？」

背後から掛《か》けられた声に振《ふ》り向くと、そこには完全武装のミツルギが。

そして……。

「自分達で退路を断《た》つとはな。侵入者共め、もはや逃《に》げられないと思え！」

そう宣言してくるのは、険しい顔をしたクレアとレイン。

更《さら》には遠巻きにこちらを見守る貴族と共に、多数の騎士がそこにいた。

4

「どうしよう助手君、この数を相手にするのはさすがに無理があるよ！」

上擦《うわず》った声でクリスが囁《ささや》く。

ザッと見回してみた感じ、この場にレイン以外の魔法使い職はいない様だ。

ミツルギを先頭にしながら、抜刀《ばっとう》した騎士達がジリジリと距離を詰めてくる。

その騎士達の後ろから、クレアが勝ち誇《ほこ》った顔でこちらを見ていた。

他《ほか》の貴族達も、既《すで》に決着が付いたと思っているのか、この捕り物劇を楽しげに見物している。

「クレアさん。あの仮面の男はかなりの強敵だと聞きました。武器は持っていない様ですが、追い詰められれば何をするか分かりません。あいつは僕が取り押さえますので、騎士団の方々はあの銀髪の少年をお願いします」

「……ねえ助手君、さっきから坊主呼ばわりされたり少年呼ばわりされたりしてるんだけど、あたしって口元を隠《かく》しただけで、そんなに男の子っぽい？」

「大本の原因はお頭のスレンダーボディのせいでしょうね。……お頭、いじけてないでしっかりしてください。これからが正念場ですよ」

俺がトドメを刺《さ》してしまったのか、目に見えて落ち込みだしたクリスを宥《なだ》め、ミツルギへと向き直る。

ミツルギは油断無く魔剣《まけん》を構えると、俺から一切《いっさい》目を離《はな》す事なく。

「お頭、こういった時は一番強いヤツを無力化させてビビらすんです。絶好調のこの俺が、あのスカしたイケメンを瞬殺《しゅんさつ》します。後は周りが怯《ひる》んだところを突《つ》っ切りましょう」

「き、聞こえてるよ君。スカしたイケメンって僕の事かい？　っていうか、瞬殺か……。丸腰《まるごし》の相手にまた随分《ずいぶん》と舐《な》められたものだね。いいだろう、僕の本気を……」

ミツルギが何かを言う前に、俺は魔剣に手を向けた。

それを見たミツルギは、深く腰《こし》を落として柄《つか》に手を添《そ》え、居合い抜《ぬ》きの構えを取る。

上級職でしかも高レベル冒険者なミツルギ相手では、スティールで剣《けん》を奪い、ドレインタッチを使っても、しばらく持ち堪《こた》えられてしまうだろう。

「その仕草はスティールかな？　残念だったね。僕はある男に負けてからスティール対策として、盗《と》られてもいい物をたくさん持ち歩いている。さあ、大人しく投降するなら……」

「『フリーズ』」

ミツルギの言葉に被《かぶ》せ、俺は凍結《とうけつ》魔法を発動させた。

唱えられたのが初級魔法だった事で、何かの牽制《けんせい》と見たミツルギは、微動《びどう》だにせず警戒《けいかい》を緩《ゆる》めない。

そんなミツルギへ、無造作に近付く俺に……、

「何のつもりだ？　これでも食《く》ら……っ!?」

居合い抜きを放とうとしたミツルギは、ツバと鞘《さや》の部分を凍結され、抜けなくなった魔剣に驚愕《きょうがく》する。

俺はその一瞬《いっしゅん》の隙《すき》にミツルギの鼻と口元を片手で摑み……！

「『クリエイト・ウォーター』！」

「ガボッ!?」

口内に無理やり水を生成され、溺《おぼ》れそうになったミツルギが、俺の手を慌てて摑む。

「負けを認めて引き下がるか？」

俺の呼び掛けに、口を閉じて喘《あえ》いでいたミツルギは、歯を食い縛《しば》りながら拳《こぶし》を握り……

……！

「『フリーズ』！」

「カッ!?」

その拳を俺に向けて放つ前に、鼻と口内を凍結させられビクンと震《ふる》えた。

「ミツルギ殿《どの》っ!?」

クレアが悲鳴を上げる中、俺から解放されたミツルギが、喉《のど》を押さえて膝《ひざ》をつく。

「今すぐ急いで解凍《かいとう》すれば窒息《ちっそく》する事はないだろう！　おらっ、この男より強い自信があるのなら掛かってこい！　……お頭、今です！　突っ切りましょう！」

「キミって本当に強いのか弱いのか分かんないね。ただ、絶対に敵に回したくないよ」

ミツルギが俺の宣言通り一瞬で倒された事で、騎士《きし》達が動揺《どうよう》し後ずさった。

俺は呑気《のんき》な事を言っているクリスと共に、そんな騎士達の間を駆け抜ける。

「レイン、多少手荒《てあら》くなっていい、ミツルギ殿の喉の解凍を急げ！　そして、お前達は何をしている！　これだけいて、なぜ剣が当たらない！　ミツルギ殿がやられたとしても、あっさり通すヤツがあるか！」

「しかし、あの二人の高い回避《かいひ》力からして、恐《おそ》らく逃走《とうそう》スキルを持ってます！　逃げに徹《てつ》されるとどうしても……！　おい、二手に分かれろ！　賊《ぞく》は俺達ほど城内に詳《くわ》しくはないはずだ！　お前達は回り込め！」

「皆《みな》さん、どうか落ち着いて！　賊はすぐに捕《つか》まえますので、どうか落ち着いてください！」

俺達が向かう先にいた貴族達が、青ざめた顔で右往左往しながら逃げ惑《まど》い、騎士達の足を引っ張っていた。

それらの混乱に乗じ、立ち塞《ふさ》がる騎士達に、クリスと共にバインドを食らわせていく。

俺達が城内の地理に疎《うと》いと思っている様だが、俺だって、伊達《だて》に暇《ひま》を持て余して日々城の中をうろついていた訳ではない。

ここさえ抜けてしまえば、後は……！

「助手君、後ろっ！　何かくるよ！」

クリスの警告を受け後ろを見ると、ミツルギの治療《ちりょう》を終えたらしいレインがこちらに杖《つえ》を向けたまま、魔法《まほう》の詠唱《えいしょう》を行っていた。

「この先にはアイリス様がいる！　このまま行かせるぐらいなら、二人とも殺して構わん！　最悪、アクア殿《どの》のリザレクションに頼《たよ》ればいい!!　レイン、遠慮《えんりょ》せず放つがいい！」

焦《あせ》った様なクレアの言葉に、レインの杖の先に付いた宝石が怪《あや》しく光り輝《かがや》いた。

俺は背中に背負った弓を取り、杖の先目掛け矢を放つ！

「『狙撃《そげき》』　！」

「ひっ⁉」

杖の先端《せんたん》を砕《くだ》かれたレインが、小さな悲鳴を上げ動けなくなる。

それを見たクレアや騎士達が、ギョッと驚《おどろ》きの表情を浮《う》かべ。

「あいつは本当に何者なのだ！　なぜ、あれほどの手練《てだ》れが盗賊などやっている！」

クレアは悔《くや》しそうに呻《うめ》きを上げ、逃走する俺達を見送った。

5

「──この先がアイリスの部屋だ。お頭《かしら》、ここにワイヤートラップを頼《たの》む」

「了解《りょうかい》だよ助手君。そろそろ魔力《まりょく》がキツいから、一度だけだね」

アイリスの部屋へと続く廊下《ろうか》に出た俺達は、後続の騎士を防ぐためのトラップを張る。

逃走スキルをフルに使い結構な距離《きょり》を稼《かせ》いだおかげで、追ってくる連中とはまだ距離がある。

俺達はアイリスの部屋の前に立つと、ドアを開け……！

「よくここまで辿《たど》り着いたな侵入《しんにゅう》者よ。民《たみ》を守り、国を守り、そして王族を守るのがダスティネス一族の使命。この私がいるからには……」

俺達はそっとドアを閉めた。

「閉めるな！　貴様らは、一体何のためにここへ……」

ダクネスがバンとドアを開け、俺達を見て動きを止める。

バレてない、まだバレてない！

「おお、お頭！　震えてないで目的を果たさないと！　いくら目の前の女騎士が強そうだからって、ここで怖《お》じ気づかないでください！　俺達には、この国のためにやる事が！」

「そそそ、そうだね助手君！　これはこの国のためにやってる事であって、人には言えないけど正しい行いだからね!!」

「そうですよお頭！　この国のやつらは、王女様がとんでもなく危険な物を身に着けている事にも気づかない連中ですからね！　いや、俺達が来なかったら危なかったですね！」

説明臭《くさ》い俺達のセリフにダクネスの顔が思い切り引き攣《つ》っているが、大丈夫《だいじょうぶ》、まだバレていないはず！

「助手君、部屋の中に突入《とつにゅう》するよ！　後で一緒《いっしょ》に謝ろう！」

「そうですね！　なに、事情を話せば絶対に理解してくれるはずです！」

「お、おい……！　おお、お前達は……」

「ダクネス、どうしたのですか？　戦闘《せんとう》の前の口上は必須《ひっす》だと、あれほど言ったじゃないですか」

ダクネスが立ち塞がっているせいで見えないが、部屋の中にはめぐみんまでいるらしい。

「どいてください、賊の一人や二人、この私が捕まえてあげます！　魔法を放てるほどには魔力が回復していませんが、喧嘩《けんか》には自信があります！　今日も、お昼頃《ごろ》チンピラ三人を相手に喧嘩してきたのです……か……ら……」

と、部屋に押し入った俺達を見て、杖を振《ふ》り回していためぐみんも動きを止めた。

大丈夫だ、まだ大丈夫！

めぐみんは頭が良い、だからきっと、俺達に気付いても……！

「か、格好良い……！」

アイリスが持っている神器が危険だって事を説明すれば……、えっ。

俺の顔を真っ直《す》ぐに見つめためぐみんは、頬《ほお》を赤くして震えている。

「どうしましょうダクネス、この義賊《ぎぞく》はよく分かっています！　こんな格好良い仮面を着けて、しかも黒装束《くろしょうぞく》ですよ！　名前は⁉　盗賊《とうぞく》団の名前は決まっているのですか⁉」

コイツには本当にバレていない様だ。

目を輝かせためぐみんにゆさと揺《ゆ》らされて、ダクネスがハッと我に返る。

「……お、おのれえ賊め……。その、ここから先には……このダスティネス一族が……」

わざとらしい棒読みで、ダクネスが力無く身構えた。

どうやらこちらの意図を理解し、俺達に協力してくれる様だ。

ダクネスは握《にぎ》った拳を震わせて、何かに必死に耐《た》えている。

どうしよう、こいつには後で何て説明しよう。

それはともかく、ここはダクネスのためにも拘束《こうそく》させて頂こう。

「『バインド』ッ！」

俺がダクネスに向けスキルを放つと、ロープに巻き付かれたダクネスが、ちょっと安心した様に息を吐《は》く。

これで、ダクネスは力及《およ》ばず無力化されたとの言い訳が……。

「『セイクリッド・スペルブレイク』ッ！」

部屋に響《ひび》いたのはアクアの声。

ダクネスに向けて魔法が放たれ、巻き付いていたロープが力を失い床《ゆか》に落ちた。

「残念だったわね、私がここにいたのが運の尽《つ》きよ！　一体何しに来たのか知らないけど、あなた達を捕《と》らえれば、きっとまた高いお酒をもらえると思うの！　見ての通り、私がいる間はどんなスキルも無効化されるわ！　さあ、大人しく捕まりなさいな！」

未《いま》だ大事に酒瓶《さかびん》を抱《だ》きながら、部屋の奥からアクアが出てきた。

ちくしょう、普段《ふだん》はちっとも役に立たないクセに、こんな時だけちゃんと活躍《かつやく》しているのに腹が立つ！

コイツは、どうしていつもいつも空気ってもんを読んでくれないんだ！

「ダクネス、今よ、捕まえて！　なぜかめぐみんがフヌケになっちゃってるから、あなただけが頼りよ！」

アクアに煽《あお》られ、ダクネスが仕方なく半泣きで剣《けん》を構える中、俺達の後ろからは騎士達の足音が近付いてきていた。

「お頭！　あのバカのせいで、これ以上ここには留《とど》まれない！　部屋の奥にアイリスがいる！　駆《か》け抜《ぬ》け様にスティールで……！」

「神器を盗《ぬす》むんだね！　でも、キミのスティールは……」

そう、俺のスティールはどういう訳か、女性相手に使うと高確率で下着を奪《うば》う。

と、その時。俺達の後ろから罵声《ばせい》が響く。

「早くワイヤーを切れ！　賊はアイリス様を狙《ねら》っている！」

これはいよいよ時間が無い。

アイリスを傷付けるかもだが、少しでも神器奪取《だっしゅ》の成功率を上げるためだ……！

「わ、我が渾身《こんしん》の横薙《よこな》ぎの一撃《いちげき》で、貴様らなど葬《ほうむ》り去ってくれるっ！」

声高《こわだか》に宣言してきたダクネスが、弱々しい横薙ぎを繰《く》り出してくる。

その剣の下をかいくぐり、俺とクリスは部屋の奥へとなだれ込んだ。

「ダクネスったらどうしてそんなにアンポンタンなの!?　今からどんな攻撃《こうげき》をするか、相手に宣言してどうするの!?　そんなんだから脳筋な子って言われるの！」

「……ぐすっ」

一番状況《じょうきょう》が分かっていない本物のアンポンタンに注意され、ダクネスが涙目《なみだめ》になっている。

その隣《となり》ではめぐみんが、まるでヒーローでも見るかの様な憧《あこが》れの目で俺を見て……。

そして俺達が目指す部屋の奥から。

装飾《そうしょく》が施《ほどこ》されたレイピアを右手に下げ、左手をこちらに突《つ》き出したアイリスが現れた。

突き出された左手の指では、白い光を放つ指輪がどんどん輝きを増していき……！

「侵入者よ！　この私《わたくし》も、代々勇者の血を受け入れ、その力を揺るぎないものにしてきた王族の一人です！　簡単に事が運ぶ……とは……」

臨戦態勢だったアイリスが、俺達を見ると驚愕《きょうがく》に目を見開き。

光を放っていた指輪が輝きを静めていくと共に、その声が小さくなっていく。

今がチャンスだ！

「『『スティール』』ッッッ!!」

俺とクリスのスティールが、アイリスが身に着けている物から何かを奪う。

「アイリス様！　ご無事ですかっ⁉」

それと同時に、俺達の後ろから聞こえるクレアの声。

クソ、何を盗《と》ったのか確認《かくにん》している時間がない！

「助手君、このままテラスに躍《おど》り出るよ！　幸いこの下にはプールがある！　このままあそこに飛び込んで……！」

クリスが何かを手にしながら、アイリスの隣をすり抜け、叫《さけ》び……！

「今までの話の流れで、それが狙いだって事は分かったわ！　それが何なのかは知らないけれど、あんた達にそのまま持っていかせたりはしないわよ！」

そのクリスの背に向けて、アクアが片手を突き出した。

アイツ、最後の最後までっ！

「封《ふう》──印ッッ‼」

「くそったれー！」

俺とクリスは、真っ暗なプールを目掛《めが》け、テラスから──！

終章　本当の兄になるために

次の日の朝。

一夜明けた王都は大騒《おおさわ》ぎになっていた。

何せ、噂《うわさ》の義賊がたった二人で城に乗り込み、王女から魔道具《まどうぐ》を強奪《ごうだつ》していったのだ。

しかも、腕利《うでき》きの冒険者《ぼうけんしゃ》達が多数泊《と》まり込んでいた日に、である。

銀髪《ぎんぱつ》の少年と仮面の男によるその犯行は噂となり、瞬《また》く間に王都を駆け巡《めぐ》った。

——そして今。

俺がいるこの部屋も、大変な事になっていた。

「ダダダ、ダクネス、お願い落ち着いてえええ！　あれにはちゃんとした訳があるからあああぁっ！　割れちゃう割れちゃう、頭が割れちゃう！」

「おい話を聞けよ！　聞いてくれれば、ああ、それなら仕方がないなって理解してくれるって！　お願いします聞いてください、これ以上はヤバいって死んでしまいます！」

「聞いてやろう、聞いてやろう！　ああ、聞いてやるとも！　あくまでもこれは、話を聞く前の準備運動だ！　事と次第《しだい》によっては、本気で締《し》め上げるのだけは許してやろう！」

　俺とクリスはダクネスからの呼び出しを受け、宿の一室でそれぞれがアイアンクローを食《く》らっていた。

「ダクネス、ダ、ダクネス！　喋《しゃべ》れない！　ねえこれじゃ喋れないから！」

「止《や》めてくれー！　俺はクリスにそそのかされただけなんだ、主犯はお頭《かしら》であるクリスなんだよー！」

　俺達のこめかみを鷲掴《わしづか》み、ギリギリと締め上げてくるダクネスは、ビックリするぐらいに真顔だった。

「キ、キミってヤツは！　痛たたたた！　ち、違《ちが》う、ダクネス聞いて！　助手君だってノリノリだったんだよ!?　確かに話を持ち掛《か》けたのはあたしだけど、騒《さわ》ぎが大きくなった際に引き揚《あ》げようって言ったのに、そのまま突破《とっぱ》する事を決めたのは助手君なんだから！」

「そりゃないですよお頭！　俺なんて盗賊団に入ってたった一日しか経《た》ってない上に、組織の中で一番の下っ端《ぱ》じゃないっスか！」

「止めてよ、盗賊団って言ったって、キミとあたしの二人しかいないじゃんか！　二人しかいないのに、下っ端も何もないよ！」

床に正座させられ、未だこめかみを掴まれたままの俺とクリスは、責任の押し付け合いに必死だった。

何せ、相変わらずダクネスが、見た事もない顔で怒《おこ》っている。

「おい」

「「ッ⁉」」

喧嘩していた俺達は、ダクネスの冷たい一言で押し黙《だま》る。

「早く喋れ」

俺達二人は事の経緯《けいい》を素直《すなお》に話した。

「――まったくお前達は……。なぜ私に言わなかったのだ。最初からきちんと話せば、あんなバカな真似《まね》をしなくても、私がちゃんと話を付けてやったものを」

俺達の話を聞いたダクネスが、深々とため息を吐く。

「そうは言っても、体を入れ替《か》える事ができる神器だぞ？　使い方によっては永遠の命ですら手に入る代物《しろもの》だ。俺だってその話を聞いた時には、早くお偉《えら》いさん方に報告しないとって慌《あわ》てたんだよ。そうしたらクリスが、偉い人ほどこれを欲しがるって言ってさ。王族ですらこれを悪用しかねない、って」

「あ、あたしは、ダクネスなら大丈夫《だいじょうぶ》だろうっては思ったんだけどね！　ダクネスに頼《たの》もうとしたら助手君が、『おいこら止めろ！　ダクネスだって貴族なんだぞ、クリスの正体が貴族連中にバレたらアイツの立場がマズイ事になるだろうが！』って言われてね!?」

「あっ！　こ、こいつっ！」

再び喧嘩《けんか》を始めた俺達を見て、ダクネスがもう一度ため息を吐いた。

「やってしまったものはしょうがない。幸い、お前達の正体はまだ私にしかバレていない。クリスは銀髪が目立ちすぎる。すぐに王都から出て、アクセルの街に帰るといい。カズマは……。私と共に、今から城へ行くぞ」

「えっ!?　……ああっ、お前に締め付けられたこめかみが痛い！　悪いんだけど、俺はここで休んでるから……」

「くだらない小芝居《こしばい》をしてないで、いいから来い！　めぐみんやアクアを迎《むか》えに行かなければならないし、アイリス様への別れの挨拶《あいさつ》もあるだろう！」

「そう言われても、昨日の今日で厳戒《げんかい》態勢の城に行くのはちょっと……！　ボロが出ないとも限らないし、万が一怪《あや》しまれて、あの、嘘《うそ》を吐くとチンチン鳴る魔道具を持ってこられたら大変な事に！」

腕《うで》を掴まれ、引きずられていく俺を見送り、クリスは頰《ほお》を搔《か》き愛想《あいそ》笑いを浮《う》かべながら。

「じゃ、じゃあ助手君、頑張《がんば》ってね！　それと、奪った神器は絶対に誰《だれ》にも盗られない場所に運んでおいたから、そっちの方は安心してね。そ、それじゃ、あたしはこれで……」

「……待て、クリス」

「ッ⁉　な、何かな⁉」

ソロソロと部屋から出ようとしていたクリスが、ビクッと震《ふる》える。

「私に隠《かく》している事はそれだけか？　他《ほか》にはもう、何も無いのだな？」

「……ええっと」

「あるんだな⁉　何だ、一体何を隠している！　お前とは長い付き合いだ。困った時の癖《くせ》くらい知っている！　そう、今みたいに頰の傷跡《きずあと》を搔く時だ！　言え！　まだ他に、何を隠しているのだ！」

問い詰《つ》められたクリスはオロオロしながら、なぜか俺の方に助けを求める様な視線を向けた。

俺の方を見られても、クリスが隠してるものに思い当たる事がない以上、フォローのしようが……。

と、クリスは俺の方を指差すと。

「助手君が、神器の他にもお宝を盗《ぬす》んでました！」

「ああああっ!? 裏切り者!!」

「貴様、他にもまだ何か盗んでいたのか！ それでは本当にただの盗賊《とうぞく》ではないか！ 出せっ！ 一体何を盗んできたのだ！」

とうとう観念した俺は、渋々《しぶしぶ》と一冊の本を手渡《てわた》した。

ダクネスは、渡《わた》された本をパラパラめくり。

「お前というヤツは……っ」

その場に力無く崩《くず》れ落ちるダクネスに、クリスがポツリと呟《つぶや》いた。

「あ……。そっか、そういえばそんな物も盗んでたんだっけ」

「えっ」

「……ほう？ 何だ、まだ何かあるのか？」

クリスの言葉にダクネスは再び立ち上がると、俺の前に手を突き出した。

俺が他に盗んだお宝？

一体何が……。

「って、ああっ！　なーんだ、そうかこっちの事か。あの時、俺がアイリスからスティールしたコレだな」

言いながら、俺はアイリスから盗み取った物を手渡した。

それは、あの時アイリスが身に着けていた指輪だった。

俺とクリスを迎え撃《う》つ際に光り輝《かがや》いていたとこを見るに、何かの魔道具なのだろう。

最初は眉《まゆ》をひそめ、ジッと手の平に置かれた指輪を見ていたダクネスが。

「……!?　ここ、こ、こ……!?　これを、アイリス様から盗んだだと!?」

「そ、そうだけど……。なんだよ、そのリアクションは止めろよ。その反応が怒られたりするより一番怖《こえ》えよ！　そんなに大した物でもないんだろ!?　なあ、俺をビビらせてるだけなんだろ!?」

しばし呆然《ぼうぜん》と指輪を眺《なが》めていたダクネスは、それをそっと俺に渡し。

「いいかカズマ。その指輪は絶対に無くすなよ？　そして、それは誰にも見つからない様に墓の下まで持っていけ」

「おい止めろよ！　そ、そんなに大事な物なら、その辺で拾ったって言って今から返しに行こうぜ!?」

「たわけ！　これは王族が子供の頃《ころ》から肌身離《はだみはな》さず身に着け、婚約《こんやく》者が決まった時にのみ外し、伴侶《はんりょ》となる相手に渡す物なのだ。それを賊《ぞく》に奪《うば》われ、その辺の冒険者が拾ってきただなどと……！　……善意で届けたとしても、お前は口封《くちふう》じに始末されるだろうな」

「何それ怖《こわ》い！　あっ、クリス！　どこ行こうってんだよこらっ！　お前、俺を巻き込んだ責任取って、アイリスの部屋に忍《しの》び込んで返しといてくれよ！」

「嫌《いや》だよ怖い！　キミのスティールはどうして盗《と》っちゃいけない物ばかり掠《かす》め盗るのさ！　っていうか、ダクネスも変わったよね？　証拠隠滅《しょうこいんめつ》を奨《すす》めるだなんてどうしたのさ。昔はもっと頭が固かったはずなのに、世渡《よわた》りが上手《うま》くなってきたっていうか……。何だか助手君に毒されてきた感じだね？」

「なっ……!?　ま、待て、自分では自覚がないのだが、私はそんなに変わったのか!?　もしや私は、アイリス様が毒されるだのと心配している場合では無いのか!?」

なにやらショックを受けているダクネスは放《ほう》っておき、俺は指輪を光にかざす。

「……しょうがない、屋敷《やしき》に帰ったら庭にでも埋《う》めておくか。そうすりゃ誰にも見つからないだろう」

「バカを言うな！　アイリス様が肌身離さず大事に持っていた指輪だぞ!?　何よりも大切にして、どんな事があってもその身から離すな！　その上で誰にも見られないようにするのだぞ!?」

「一体何の罰《ばつ》ゲームなんだよそれは！　ああもう、分かったからそっちのお宝は返してくれよ。それも今更《いまさら》城に返す訳にもいかないだろ？」

「「……………」」

俺の言葉を聞いた二人は、しばらくの間見つめ合い――

――ダクネスと共に城へ到着《とうちゃく》した俺は、この世の生き地獄《じごく》を体験した事で、生きた屍《しかばね》と化していた。

「こらっ、いい加減さっさと歩け！　アイリス様の前ではシャキッとするのだぞ！」

「うっ……うっ……。何でだよお……。何でわざわざ燃やす必要があったんだよお……。今回、秘密裏《ひみつり》に国のピンチを救った俺への、唯一《ゆいいつ》の報酬《ほうしゅう》みたいなもんじゃねーか……」

「いつまでもメソメソするな、みっともない。お前が作ったライターとやら、早速《さっそく》役に立ったな。うむ、これは良い物だ」

「そんな事のために作ったんじゃねえよお……。うっ……うっ……。俺のお宝があ……」

家宝にしようと思っていた例の本を二人に燃やされ、俺はすっかりやる気をなくしていた。

クリスは、大々的に銀髪《ぎんぱつ》の盗賊が手配される前に王都から出るそうだ。

気が向いたらアクセルに帰ると言っていたし、また会う事もあるだろう。

何だかんだ言って、クリスとのコンビはちょっとだけ楽しかった。

俺の正体がバレて指名手配でも食《く》らった時は、本当に盗賊団を結成するのもいいかもしれない。

そんな事を考えながらダクネスの後を付いていくと、やがてダクネスは、アイリスの部屋の前で立ち止まった。

「……今の状態のお前を連れて行くと、何かと面倒《めんどう》くさそうだな。神器の件は私が説明してくるから、お前はここでじっとしていろ」

「……お前、何のために俺を連れて来たんだよ。今の俺はやさぐれてるからな。ここまで連れて来られて一人にされたら、城の中で何するか分かんないぞ」

「子供かお前は！　しょうがない、余計な事をするんじゃないぞ⁉　あの神器の危険性を説いて、義賊《ぎぞく》の狙《ねら》いはアイリス様を助けるためだったのではと、一芝居《ひとしばい》打つつもりなのだ。ここでお前がポカをやらかすと大変な事になるからな⁉」

俺は必死に訴《うった》えてくるダクネスを押しのけて、部屋のドアを勝手に開けた。

「たわけっ！　ノックをしないヤツがあるか！　……アイリス様、ダスティネスです！　緊急《きんきゅう》のお話があり参上しました！」

俺とダクネスが中に入ると、そこには——

「まあ、この私にかかればチョロいもんよね！　そんな訳で、あの危険な神器はガッチリ封印《ふういん》したからもう使えないわ。だから安心してくれていいわよ！　まったく、あの盗賊ときたらとんでもない物に目を付けたものね！」

「魔道具《まどうぐ》に関してのエキスパート、紅魔族であるこの私が保証します。あれほどの神器は、もう誰にも作る事はできないでしょう。つまり、これにて一件落着ですね！」

今回大した事をしていないドヤ顔のアクアとめぐみんが、アイリス達の前でふんぞり返っていた。

「流石《さすが》はアクア殿《どの》とめぐみん殿！　いや、それなら安心しました。アクア殿からあの魔道具の真の力を聞き、青くなりましたよ」

ホッと息を吐《は》きながら、レインが安心した様に笑顔《えがお》を見せる。

「……しかし、あの義賊達の目的は何だったのだろうか？　巷《ちまた》での評判を聞く限り、その神器を悪用する様な連中とも思えないのだが……。む？　ダスティネス卿《きょう》に……。何だ、貴様か」

そして、クレアはといえば相変わらずの辛辣《しんらつ》なお言葉だった。

どうやら、既《すで》にアクアから神器の危険性が説かれたらしい。

「あの神器について調べた結果、大変危険な物であるとの情報を得たので報告にきたのですが……。どうやら、その必要は無かったみたいですね」

一芝居打つ必要もなくなったダクネスが、アイリス達の前でホッと息を吐く中。

「……もしかしてあの方々は、私を助けに来てくれたのでしょうか。あのネックレスの本当の力を知り、その危険性を素直《すなお》に告げれば誰かに悪用されかねないと……」

部屋の中央で皆《みな》に囲まれていたアイリスが、なぜか俺をジッと見ながらそんな事を……。

……これってもしかして、賊の正体に気が付いてるパターンじゃないよな？

「アイリス様、それはさすがに考えすぎです。いくら評判の義賊とはいえ、その様な目的で、わざわざ危険を冒《おか》してまで王城に忍び込んでは来ないでしょう」

そう言うと、クレアは悔《くや》しそうに目を閉じて。

「……もし本当にそうだとしたら、あの者達は、大した男だと言わざるを得ませんが……」

悔しそうながらも、少しだけ尊敬の籠《こ》もった小さな声で呟いた。

俺の中で、最底辺だったクレアへの好感度がちょっとだけ上がった。

「しかし、あの二人は何者だったのでしょうか。自分は高レベル冒険者《ぼうけん》についてかなり詳《くわ》しく知り得ておりますが、あれほどの手練《てだ》れにはちょっと心当たりがありません。特にあの仮面の男……。自分が対峙《たいじ》したのはほんの僅《わず》かでしたが、あの一瞬《いっしゅん》で、遠く離れた距《きょ》離《り》から見事に杖《つえ》を砕《くだ》かれましたよ」

あれっ、何だこれ。凄《すご》くこそばゆいというか、何というか。

「あの仮面の人ですか！　格好良かったですね！　あの仮面と黒装束《くろしょうぞく》は、私の琴線《きんせん》に触《ふ》れまくりでしたよ！　今度会ったら、ぜひサインとか欲しいです‼」

「め、めぐみん殿、一応相手は犯罪者なのですから……。……とはいえ、確かにあの仮面の賊は凄かったですねえ……。ミツルギ殿《どの》を相手取った時ですら武器を帯びていなかったにも拘《かか》わらず一瞬で無力化してしまいましたし、城の騎士《きし》達の大半は、あの男にやられたそうで……」

めぐみんとクレアはそんな事を言いながら、二人、ほうと息を吐く。

やばい、どうしよう。実はあれ、俺だったんですよと自慢《じまん》したい。

「カズマったらどうしたの？　何かニヤニヤしちゃって気持ち悪いんですけど」

相も変わらず昨日から酒瓶《さかびん》を抱《だ》きっ放しのアクアが言った。

コイツ、いい加減その酒瓶取り上げてやろうか。

と、アクアの言葉にクレアがこちらをキッと睨《にら》み。

「本当に、何をニヤニヤ笑っている。残念だったな、せっかくの義賊捕縛《ほばく》のチャンスだったものを。……もっとも、あの仮面の男相手では、貴様に何かが出来たとも思えないが。ああ……、本当にあの男はなぜ盗賊《とうぞく》などをやっているのだろうか。犯罪者でなければ絶対に当家で囲い込むものを……。またいつか、会いたいものだが……」

と、言葉の最後の方だけちょっと頬《ほお》を赤くして、初めて女性らしい一面を見せてくる。

この人は、俺を貶《けな》すのか褒《ほ》めるのかどっちかにして欲しい。

俺の隣《となり》のダクネスは、微妙《びみょう》な表情で押し黙《だま》っている。

……と、アイリスがこちらにツイッと近付き。

「本当に、あの義賊の方は格好良かったですね」

俺の事を真っ直《す》ぐ見つめ、そんな事を言ってきた。

あれっ、何だろうこれ。

やっぱ俺の正体に気が付いて……。

「私《わたくし》の勝手な想像ですが……。きっとあの方々は、私を心配してあんな行動に出たのだと思います。……私、あの義賊の方の事を、好きになってしまったかもしれません……」

よし、正体を明かそう。

荷物の中から仮面を取り出そうとする俺に気付いたダクネスが、必死の形相で羽交《はが》い締《じ》めしてくる。

俺は邪魔《じゃま》するダクネスを黙らせようと、ドレインタッチを……！

「今頃《いまごろ》、どこでどうしているのでしょうか……。…………あの、銀髪のお頭《かしら》様は……」

……使おうとして、そっとその手を下ろした。

そんな事だろうとは思ってたけどな！

と、挙動不審《ふしん》な俺を見たアイリスは、赤くなった顔を伏《ふ》せ、細かく肩《かた》を震《ふる》わせていた。

……おい、笑ってんじゃないだろうな。

と、アイリスは肩を震わせるのを止《や》め、顔を上げると、いじけている俺の目を見て、微《かす》かに声を震えさせた。

「……お、お兄様。一つ、お願いがあります」

「ア、アイリス様？」

ただならぬ雰囲気《ふんいき》に、クレアが戸惑《とまど》った声を上げる。

俺を無理やり連れてきた事を除き、今まで何一つワガママを言わなかったアイリスが。

何かを決意したかの様に、真剣《しんけん》な表情で拳《こぶし》を握《にぎ》り。

何かを言おうとした、その時だった。

「アイリス様。そのお願いの前に、私からアイリス様に、申し上げたい事があります」

俺の隣のダクネスが、その言葉を遮《さえぎ》る様に申し出る。

皆の視線が集まる中、ダクネスはスッと片膝《かたひざ》をつくとチラリと俺の方を見上げ。

「このサトウカズマなる者は、数多《あまた》の魔王《まおう》軍幹部を倒《たお》してきました。そしていずれは、魔王を倒すやもしれぬ者。それはとても困難で、常人には成し得がたい事ですが……。そんな困難に立ち向かおうとするこの者に、何かお言葉を掛《か》けてやっては頂けませんか？」

こいつ、いきなりなんて事言ってくれやがんだ。

俺が何を倒すって？

「……魔王を倒す？　本当に？　お兄様は、本当に、魔王を倒そうとお思いですか？」

アイリスまで、真剣な顔して何言い出してんだ。

もちろんそんな事、無理に決まって……。

「ま、まあ、その機会があれば、魔王討伐《とうばつ》も考えても……いい……かな……？」

アイリスの目を見ているうちに、煮《に》え切らない返事になってしまった。

後ろでは、俺の言葉を聞いたクレアがバカバカしいとばかりに鼻で笑う。

が……。

「そうですか……。お兄様ならきっと出来ます。魔王退治、頑張《がんば》ってください。……どうか、お兄様にご武運を！」

そう言って、アイリスが満面の笑みを浮《う》かべると、誰《だれ》も何も言えなくなってしまう。

――いや、一人いた。

「お兄様お兄様と、いい加減その呼び方は止めるべきです！　あなたには本物のお兄様がいるのでしょう？　そっちとイチャイチャしていれば良いじゃないですか。その呼び方は、何だか自分の存在がおびやかされそうでイラッとするのですよ！　魔王なんていずれこの私が葬《ほうむ》ってくれます、カズマが出るまでもありませんよ！」

なぜかカッカしているめぐみんが、突然《とつぜん》そんなバカな事を言い出した。

「お、お兄様はお兄様です、私がお兄様をお兄様と呼んで何が悪いのですか！　それに、あなたが魔王を倒してしまっては意味がありません、私はお兄様に魔王を倒して欲しいんです！」

「止めろと言った途端《とたん》にお兄様を連発するとか、それは私に喧嘩《けんか》を売っているんですね！」

「や、やる気ですか!? お、王族は強いんですよ!」

突如《とつじょ》取っ組み合いを始めた二人を、ダクネスとクレアが慌《あわ》てて止める。

「こらっ、めぐみん止めろ、昨日はいつの間にかアイリス様と仲良くなっていたクセに、今日は突然喧嘩を始めるだとか一体何のつもりだ!」

「アイリス様、どうか落ち着かれますように! 喧嘩なんてされた事もないのに、突然どうしたのですか!?」

俺は荒《あら》い息を吐いているアイリスに、話題を変えようと先ほどの話を蒸《む》し返す。

「……で、お願いってのは何だったんだ? ほら、何でも言ってみろよ」

そのお願いとやらに、ちょっとだけ期待を込めて。

先ほどの反応だと、ひょっとしたらこのまま城に残って欲しいって話なのでは……!

「お願い……。私のお願いは……」

お願いがあると言っていたクセに、アイリスは、なぜかしばらく考え込むと。

「まだゲームの決着が付いてません。いつかまた、私と勝負をしてください」

年相応の、悪戯《いたずら》っ子みたいな表情で言ってきた——

幕間 強欲貴族と壊れた悪魔

カビ臭《くさ》い地下室に、ヒューヒューという喘息《ぜんそく》の様な音が、途切《とぎ》れ途切れに聞こえてくる。

本当に、いつ聞いても不快な音だ。

「おいマクス。……起きろ、マクス！」

その不快な音の主を蹴《け》り上げると、何事もなかったかの様に身を起こした。

「ヒュー……、ヒュー……、な、何だいアルダープ？　僕に何か用なのかい？　ああ、今日も心地好《ここちよ》い感情を発しているねアルダープ！」

バカにしているとしか思えないその言葉に、思わず目の前の悪魔《あくま》を蹴りつける。

悪魔。

そう、この気持ちの悪い男は悪魔なのだ。

パッと見は恐《おそ》ろしいまでに整った顔立ちをした青年だが、感情が抜《ぬ》け落ちたかの様な無表情が、いつも、得体の知れない薄気味悪《うすきみわる》さを与《あた》えてくる。

「用が無ければ、誰が貴様なんぞの下《もと》に来るか。……仕事だ、ワシの神器がどこかの盗賊に盗《ぬす》まれた上に封印《ふういん》を施《ほどこ》されたらしい。それを取り返し、封印を解くのだ。分かったか？」

「ヒュー……、ヒュー……。アルダープ、アルダープ！　それは無理だよアルダープ！　神器の場所が分からないし、普通《ふつう》は神器を封印するなんて事あり得ないよ。本当に封印がなされたのなら、僕にはどうしようも……っ⁉」

ごちゃごちゃと言い訳を始めた悪魔を、思い切り蹴りつける。

「そんな事もできないのか役立たずめが！　貴様は、一体いつになればワシの願いを叶《かな》えるのだ！　ララティーナだ！　いい加減ララティーナを連れて来い！　なぜそんな簡単な事もできぬのだっ‼」

「ヒュー……、ヒュー……、ヒュー……」

何度も何度も蹴りを受け、気味の悪い悪魔は頭を抱《かか》えてうずくまる。

この悪魔はバカなのだ。

どうしようもなくバカなのだ。

記憶《きおく》するという事ができず、下した命令をすぐに忘れる。

ああ……、あの神器だけは何としてでも取り返さなくては。

これまでずっと、全《すべ》ての物事が旨《うま》くいってきた事に気を許し、つい油断してしまった。

いきなり一足飛びに、王子の体など狙《ねら》うものではなかったのだ。

ラティーナと婚約《こんやく》を結んだ王子を乗っ取り、願い続けた全てを手にする。

そんな、一度で全てを手に入れられるチャンスに思わず飛びついてしまったのだ。

結果、どこかの盗賊に神器を奪《うば》われこの様だ。

王子の手に渡《わた》ってしまえば、後は呪文《じゅもん》を唱え、この体を壊《こわ》すだけで全てが手に入ったのに。

悔《く》やんでも悔やみきれないが、今は神器の行方《ゆくえ》を捜《さが》す事が先決だ。

ああ、こんな事ならいつまでも勿体《もったい》ぶらず、息子《むすこ》のバルターと体を入れ替《か》えておけば良かった……。

このまま神器が戻《もど》らなければ、わざわざアイツを拾って来た意味がない。

見栄《みば》えが良く、優秀《ゆうしゅう》な子供を探してくるのにも苦労したのだ。

そもそも、バルターがラティーナとの見合いを成功させていれば、こんな危ない橋を渡る必要もなかったものを……！

「ラティーナ！　ラティーナ！　お前はワシの物だラティーナ！　このワシが、一体どれほど昔から目を付けていたか、分かるかラティーナ！」

薄暗《うすぐら》い地下室で、神器を失った怒《いか》りに任せて喚《わめ》き立てる。

「ヒューヒュー！　ヒューヒューッ！　きみは素晴《すば》らしいよアルダープ！　欲望《よくぼう》に忠実で、残虐《ざんぎゃく》なきみが好きだよアルダープ！　早くきみの願いを叶え、報酬《ほうしゅう》が欲しいよアルダープ！　さあ、僕に仕事をおくれよアルダープ！　願いを言ってよアルダープ！　アルダープ！」

気色の悪い悪魔が騒《さわ》ぐ。

本当にコイツは何なのだ。

物覚えが悪く、何度ワシの願いを叶えても、叶えた事自体を忘れる能無し悪魔。

簡単に報酬を踏《ふ》み倒せるのでなければ、とっとと別のモンスターを喚《よ》び出すところだ。

手の中の丸い石……。

モンスターをランダムに喚び出し、使役《しえき》する事ができる神器を手の中で転がすと。

「ワシの願いはたった一つだ！　ララティーナを連れて来い！　アレは、ワシの物なのだ！」

気味の悪い悪魔に向けて、何度目になるか分からない願いを叫《さけ》んだ。

エピローグ1　勇者に与えられる報酬は――

レインが唱えたテレポートの魔法陣《まほうじん》が消えると同時、辺りがシンと静まり返る。

あの方々がいるのといないのとでは、これほど違《ちが》うというのも凄《すご》い話。

「アイリス様。その……、どうか、あまり落ち込まれませぬように……」

と、魔法陣があった場所を見つめていた私にクレアが言った。

「あの男が来てからというもの、アイリス様は本当に楽しげで、幸せそうだった事は承知しております。ですが……。あの男とは、元々住む世界が違うのです。特定の異性に情が移れば、アイリス様が嫁《とつ》がれる際に、きっと辛《つら》い想《おも》いをするでしょう。お叱《しか》りは受けますが、どうかご理解頂けると……」

そう言って、クレアは目を伏《ふ》せ、深く頭を下げてくる。

その隣《となり》では、レインまでもが顔を伏せていた。

「私《わたくし》は大丈夫《だいじょうぶ》です。二人とも、顔を上げなさい」

私の言葉を受け、二人はゆっくりと顔を上げた。

辛そうな二人の顔を見ただけで、どれだけ私の事を想い、そして、決断を下したのかが良く分かる。

二人を恨《うら》む気持ちなんて全くない。

それどころか、恨む必要さえないのだから。

自分の左手を空にかざし、指先を眺《なが》めてみる。

左手の薬指の部分だけが、他《ほか》のところよりも色が薄《うす》い。

長い間身に着けていた指輪のせいで、そこだけが日に焼ける事もなく……。

「……ッ！　も、申し訳ございません！　今回は我々の力が及ばず、大切な指輪を奪われてしまい……！」

「この失態の償《つぐな》いは、いかようにでも……！」

指輪の跡《あと》を眺めていた私を見て、二人に責任を感じさせてしまった様だ。

別に、指輪を盗《と》られて悲しんでいる訳ではないのだけど……。

「二人は十分頑張《がんば》ってくれました。王都の腕利《うでき》き冒険《ぼうけん》者達が城に泊《と》まっていても出し抜かれたのですから、誰《だれ》が指揮を執《と》っていても指輪は奪われた事でしょう。お父様が帰って来たら、責は問わない様に私が口添《くちぞ》えをします。ですから、そんなに思い詰《つ》めないで？」

その言葉に、クレアはますますかしこまり、その身を小さくしてしまう。

クレアはとても優秀だけど、真面目《まじめ》過ぎるきらいがある。

しばらくあの人と一緒《いっしょ》に行動して、もっと融通《ゆうずう》が利くようになった方が良いと思う。

そう、ラララティーナみたいに。

「ありがたいお言葉です……。大切な指輪を失っただけではなく、その上、あの男との別れまで……。……アイリス様。あの男が再び、魔王《まおう》軍の幹部を屠《ほふ》るなどの功績を挙げる事があれば、また会う機会もありますので……」

クレアは申し訳なさそうな表情で、私を慰《なぐさ》めようとそんな事を。

──魔王軍の幹部を屠る。

それは決して簡単な事ではないはずなのだが、あの人ならきっと、またあっさりとやってのけてしまうのだろう。

「そうですね。きっとまた、近い内に会える気がします」

そう言って笑いかけると、クレアは辛そうに顔を歪《ゆが》めた。

と、レインが私を励《はげ》ますかの様に、明るい声を上げ。

「それにしても、ここ最近のアイリス様を見ていた自分としましては、カズマ様とのお別れでワガママを言われるものと覚悟《かくご》していたのですが……。予想に反してあっさりしたものでしたね。カズマ様の悪影響《あくえいきょう》を危惧《きぐ》しておりましたが、取り越《こ》し苦労《ぐろう》で済みました」

そう言って、簡単に朗《ほが》らかな空気を作る。

「それはもう、お兄様が約束してくれましたから」

私は二人に笑顔《えがお》で答えた。

「約束……。ああ、次こそはゲームで決着をというアレですか。アイリス様、あの男には
ぜひとも勝ってくださいね！」

と、クレアはそちらの約束を思い浮《う》かべた様だけど……。

──古来、この国にはある決まりがある。

魔王を倒《たお》した勇者には、褒美《ほうび》として王女を妻とする権利が与《あた》えられ──

……私はもう一度指輪の跡を眺め、二人に聞こえない様に呟《つぶや》いた。

「お兄ちゃん……。指輪、大事にしてくれるといいな」

エピローグ２　——夢の代わりに残った指輪——

レインのテレポートでアクセルの街に送ってもらった俺達は、屋敷《やしき》に戻ると。

「あああああああああああああああああーっ！」

俺は屋敷のソファーに身を投げ出し、ジタバタしながら大声で叫んでいた。

そんな俺をチラリと見ると、ダクネスは椅子《いす》に腰掛《こしか》けて紅茶を啜《すす》り。

「おい、うるさいぞ。近所迷惑《きんじょめいわく》だから街の外で叫んでこい」

「ふざけんなよクソ女、いいとこで邪魔《じゃま》しやがって！　お前が魔王だの何だのと頭の悪い事を言い出さなかったら、きっとアイリスは別のお願いをしてたはずなんだよ！　お兄様と一緒にいたいとかお兄様と付き合いたいとかお兄様と一緒に寝《ね》たいとか！」

「お前は今とてもギリギリな事を口走っているぞ！　アイリス様は12歳だという事を忘れるな!!　大体、そんな事あるわけがないだろう、あの場でのお願いとやらは、『このまま城の道化《どうけ》係として雇《やと》われてください』とかそんなものだ。大体、アイリス様と一緒に暮ら

していたのはたった一週間程度だぞ？　お前はそんな短い期間で、そこまで異性に好かれる自信があるのか？　ちゃんと現実を見る事だ。……ほら、お茶を淹《い》れてやるから少し落ち着くがいい」

「お姫様《ひめさま》と暮らしてたっていう夢みたいな生活から、いきなり現実に引き戻《もど》すなよ！　そんな正論は聞きたくねえよ、お別れしたばっかなんだから、もう少しだけ夢見させてくれよっ！」

ギャイギャイと言い争う俺達を尻目《しりめ》に、めぐみんが俺の隣に腰掛けた。

「めぐみんもめぐみんだ、短気なのは知ってるけど、最後の最後に喧嘩《けんか》する事もなかっただろうに」

「あれは、妹枠《わく》同士の譲《ゆず》れない戦いがあっただけですよ。というか、私と一緒に王都へ繰《く》り出した時には、良いところだったのに、結局チンピラ相手に暴れさせてあげる事ができませんでしたからね。私なりの餞別《せんべつ》みたいなものですよ」

お前はロリ枠だろうとか王女様に変な事教えるなとか色々ツッコみたかったが、こいつも何だかんだでいつの間にかアイリスと仲良くなっていた。

年が近いという事で、友達的な感覚もあったのだろう。

友達とのお別れの際のやせ我慢《がまん》とか、そんな想いもあったのかもしれない。

ダクネスが淹れてくれたお茶を受け取りながらそんな事を考えていると、めぐみんは一枚の紙を取り出し、それに向かってせっせと何かを書き始める。

横から覗《のぞ》いてみると、文面を見るに誰か宛《あ》ての手紙の様だ。

きっとアイリスにでも出すのだろう。

俺はお茶を啜りながら、こいつも素直《すなお》じゃないなと苦笑《くしょう》する。

いそいそとキッチンからグラスを持ってきたアクアが、抱《だ》いていた酒瓶《さかびん》とグラスをそっとテーブルに置き、ソファーに座る。

「めぐみん、それって何書いてるの？　……分かった、王女様に手紙を出すのね？　昨日はパーティーが終わった後も、王女様の部屋でお喋《しゃべ》りしてたみたいだし。めぐみんさんって呼ばれて仲良しだったものね」

それに対し、真剣《しんけん》な顔のめぐみんは、カリカリと何かを書きながら。

「違います、これはファンレターです。いつかあの仮面の盗賊《とうぞく》に会った時に備え、いつでもこれを渡《わた》せる様にしておくのです」

俺とダクネスは飲みかけていたお茶を吹《ふ》き出した。

「ゴハッ……！　ケホッ……、め、めぐみん、その、例の仮面の義賊《ぎぞく》がそんなに気に入ったのか？　ファンレターとは感心できんな、相手はれっきとした犯罪者だぞ？」

どうやらダクネスは、仮面の義賊の正体が俺だと明かすつもりはないようだ。

「気に入ったと言いますか、このご時世にあんなかぶき者はそうそういませんからね。紅魔族の目からしてもあんな変わり者は稀少《きしょう》ですよ。しかも、たった二人で城に乗り込んで無双《むそう》するだなんて、これはぜひとも応援《おうえん》したいじゃないですか。異性として好きとかではなく、憧《あこが》れのヒーローを応援する感じですかね」

……どうしよう。何か、本当に正体を打ち明けにくくなってきたな。

と、キュポンという乾《かわ》いた音と共に、広間に香《かぐわ》しい微香《びこう》が漂《ただよ》った。

アクアが酒瓶を開けたらしい。

「おい、何か良い匂《にお》いするな。俺にもちょっとだけ飲ませてくれよ」

「……アクア様、どうか飲ませてくださいお願いします、は？」

……よし、奪《うば》おう。

酒瓶を取り上げようと立ち上がると、アクアは慌《あわ》てて蓋《ふた》を閉め、懐《ふところ》に抱いて亀《かめ》の子の様にうずくまった。

「おらっ、抵抗《ていこう》すんな、大人しくしろっ！」

「いやあっ！　止《や》めて、これだけは許して！　お願い、何でもするからこれだけは！」

アクアの言動とその体勢が相まって、ハタから見ると、何だか俺が凄く非道な行いをしているみたいだ。

丸くなったアクアの肩《かた》を揺《ゆ》さぶっていると、赤い顔をしたダクネスが、太ももをモジモジさせながら俺の肩を叩《たた》いてきた。

「……金を払《はら》うから、私にもそのプレイを……」

「プレイじゃねえよ！　お前、王都じゃ色々格好良かったのに、何だよその様は！　……ったく、おいアクア！」

テコでも動こうとしないアクアに対し、俺は妥協《だきょう》案を持ち掛《か》けた。

「今から、お前が王都で言っていた、マイケルさんって人の酒屋で美味《うま》い酒を買ってきてやる。それで、お互《たが》いの酒を賭《か》けて勝負をしようぜ。今回はお前も何だかんだ言って活躍《かつやく》してたから、勝負の内容にはご褒美としてハンデを付けてやるよ」

それを聞いたアクアが、恐《おそ》る恐る顔を上げ、こちらの様子を窺《うかが》ってくる。

「……本当に？　カズマがお酒の買い出しにまで行って勝負を挑《いど》むだなんて、また随分《ずいぶん》と殊勝《しゅしょう》な事ね。何か裏があるんじゃないの？」

こいつにも、一応学習能力というものがあるらしい。

だが、この様子ならあと一押しだ。俺はそれらしい理由を考える。

「ほら、今回も何だかんだいいながら、王都の危機を救った様なもんだろ？　で、こうして無事に帰って来られたんだし、そのお祝いって事でさ。どっちみち、その酒一本じゃ三人分には足りないだろうし」

「ちょっと待ってください、ひょっとして一人分抜《ぬ》けているのは、また私だけジュースでお預けにさせようという魂胆《こんたん》ですか？　というか、無事に帰って来られたも何も、カズマはコボルトに殺されてたじゃないですか」

「う、うるせーよ！　今はこうして生きてるんだし、無事って事で良いだろうが！　てか、流石《さすが》にめぐみんに酒は早過ぎるだろ、キンキンに冷えたネロイドを買ってきてやるから、それで我慢しろよ」

自分の年は棚《たな》に上げた俺の言葉に、めぐみんは、書きかけの手紙をバンとテーブルに叩きつけ。

「私はもう結婚《けっこん》だって出来る年ですよ！　お酒ぐらい何ですか、私にだって飲めます！　飲み比べで勝負です！」

さすがは異世界。そういや、めぐみんの年ならもう結婚が出来るんだったか。

「お、おい、さすがにめぐみんに酒はマズイだろう。……だが、お祝いか。今回、どこかの不届き者の、陰謀《いんぼう》めいた事を防げたのは事実だしな。よし、私がつまみを作ってきてやる。せっかく帰ってきたのだ、今日くらいは宴会《えんかい》をしたって良いだろう」

そう言って立ち上がったダクネスが、キッチンへと向かっていく。

と、宴会という単語を聞いたアクアが急にソワソワしだした。

「……ねえ、カズマも一週間ぶりくらいにここに帰ってきたんだし、勝負なんてしなくても、やっぱりちょっとくらいなら皆《みんな》にお酒を分けてあげてもいいわよ？」

そう言いながら、いそいそと酒瓶をテーブルに置くアクア。

命拾いしたなと言いたいとこだが、今日は皆で飲みたい気分なのだ。

ほんの短い間だったとはいえ、念願だった妹ができ、そして別れがあったばかりなのだから、今日くらいは……。

「では、私はちょっとお酒の買い出しに行ってきます。カズマに行かせると、私の分だけネロイドになりそうなので！」

めぐみんは、そう言って屋敷を飛び出して行く。

やがてキッチンの方からは、何かが焼ける良い匂いが漂ってきた。

「これでお酒の用意もおつまみの用意も出来たわね。後は宴会といえば芸なんだけど……」

こんな普段《ふだん》通りの日常が戻ってくると、王都での日々が夢だったんじゃないかと思えてくる。

俺、本当にお姫様と一緒《いっしょ》に暮らしてたんだよなあ……？

そして、そんな子からお兄様とか呼ばれ、慕《した》われ……。

俺は夢じゃない証拠《しょうこ》の指輪を取り出すと、感慨《かんがい》深くそれを眺《なが》め——

そこを、芸に使える物がないかとキョロキョロしていたアクアに見つかった。

「あっ、ねえカズマ、その指輪貸してくれない？　そうしたら、凄《すご》い芸を見せてあげるわ」

凄い芸には興味があったが、確か指輪を使ったこいつの芸は……。

指輪に手を伸《の》ばしてくるアクアに対し、俺は慌てて指輪をしまうと——！

あとがき

どうも。歌って踊《おど》れる小説書き、暁《あかつき》なつめです。

いつ異世界に召喚《しょうかん》されてもいいように、体を鍛《きた》える事にしました。

急な運動はかえって体によろしくないと聞き、まずは準備運動として格闘漫画《かくとうまんが》を読み漁《あさ》るところから始める事に。

もし次巻が出なかったら、ああ、作者は異世界に喚《よ》ばれたかグラップラーになったのだなと思っておいてください。

……訳のわからない作者の近況《きんきょう》よりも、作品関連のご報告を。

今巻の発売と同時にとらのあなさんからドラマCDが出るそうです。

書き下ろし小説を元に脚本《きゃくほん》を作って頂いておりますので、もしよろしければドラマCDならではのお話をぜひぜひ。

ちなみに来月には、渡真仁《わたりまさひと》先生によるコミックス1巻が発売とのこと。

漫画《まんが》ならではのカズマ達の活躍《かつやく》にご期待くださいませ。

そういえば、こないだ異世界フェア用のサイン色紙を書かせて頂きました。

まさか自分の人生でサインなんて代物《しろもの》を書く事になるとは思いませんでしたが、練習に練習を重ね、失敗してもいいように予備の色紙も用意して準備を終えたところ、編集部から送られてきたのはイラスト入りのサイン色紙。

用意していた色紙が無駄《むだ》になり、これは絶対に失敗できないと震《ふる》えながらサインを書かせてもらいましたが、次にサイン関連の依頼《いらい》があった際は泣いて抵抗《ていこう》しようかと思います。


——さて。

という訳で今巻も、三嶋《みしま》くろね先生をはじめ、担当さんやデザインさん、校正さん並びに編集部の皆《みな》さんなど、たくさんの方の力で無事出版できました事、感謝です。

いつの間にやら作家として二年目に突入《とつにゅう》していましたが、今後ともよろしくお願いいたします。

そして何より。

この本を手に取ってくれた読者の皆様に、心からの感謝を——！

暁　なつめ

あとがき。
アイリスにお兄ちゃんと呼ばれたひ。
「お兄様」と呼ぶのは止めるべきです!
お兄様はお兄様です!
みしまくろね
2015.3

6巻発売
おめでとうございます
コミック版も
よろしくおねがいします
渡真仁
わたり・まさひと

NEXT
大変だ、大変なんだ！ 大変な事になった!!

どうしたんだよ。俺は妹と生き別れて落ち込んでるんだ。厄介事なら勘弁な。

ダクネスがそんなに慌てるなんて珍しいわね。こないだみたいに、また胸が育って鎧を新調するハメになったとか？

何が育ったって？ 詳しく。

前から飼いたがっていた触手モンスター、魔改造ローパーが手に入ったのかもしれませんよ。

おい、どこが育ったのか詳しく。あと、魔改造ローパーについても詳しく。

違う、そんな事ではない！ このままでは……このままでは、今度こそ結婚するハメになる！

……おめでとう？

!?

この素晴らしい世界に祝福を！ 7
COMING SOON!!

この素晴《すば》らしい世界《せかい》に祝福《しゅくふく》を！6
六花《ろっか》の王女《おうじょ》

著　暁《あかつき》 なつめ

角川スニーカー文庫　19042

2015年3月1日　初版発行
2024年8月30日　44版発行

発行者　山下直久

発　行　株式会社KADOKAWA
〒102-8177 東京都千代田区富士見2-13-3
電話　0570-002-301（ナビダイヤル）

印刷所　株式会社暁印刷
製本所　本間製本株式会社

Printed in Japan　ISBN 978-4-04-102267-2　C0193

★ご意見、ご感想をお送りください★
〒102-8177 東京都千代田区富士見 2-13-3
株式会社KADOKAWA　角川スニーカー文庫編集部気付
「暁 なつめ」先生
「三嶋くろね」先生

角川文庫発刊に際して

角川源義

第二次世界大戦の敗北は、軍事力の敗北であった以上に、私たちの若い文化力の敗退であった。私たちの文化が戦争に対して如何に無力であり、単なるあだ花に過ぎなかったかを、私たちは身を以て体験し痛感した。西洋近代文化の摂取にとって、明治以後八十年の歳月は決して短かすぎたとは言えない。にもかかわらず、近代文化の伝統を確立し、自由な批判と柔軟な良識に富む文化層として自らを形成することに私たちは失敗して来た。そしてこれは、各層への文化の普及滲透を任務とする出版人の責任でもあった。

一九四五年以来、私たちは再び振出しに戻り、第一歩から踏み出すことを余儀なくされた。これは大きな不幸ではあるが、反面、これまでの混沌・未熟・歪曲の中にあった我が国の文化に秩序と確たる基礎を齎らすためには絶好の機会でもある。角川書店は、このような祖国の文化的危機にあたり、微力をも顧みず再建の礎石たるべき抱負と決意とをもって出発したが、ここに創立以来の念願を果すべく角川文庫を発刊する。これまで刊行されたあらゆる全集叢書文庫類の長所と短所とを検討し、古今東西の不朽の典籍を、良心的編集のもとに、廉価に、そして書架にふさわしい美本として、多くのひとびとに提供しようとする。しかし私たちは徒らに百科全書的な知識のジレッタントを作ることを目的とせず、あくまで祖国の文化に秩序と再建への道を示し、この文庫を角川書店の栄ある事業として、今後永久に継続発展せしめ、学芸と教養との殿堂として大成せんことを期したい。多くの読書子の愛情ある忠言と支持とによって、この希望と抱負とを完遂せしめられんことを願う。

一九四九年五月三日

「この素晴らしい世界に祝福を！」スピンオフ
この素晴らしい世界に爆焔を！
WEB掲載分に大幅加筆で、「爆焔」シリーズも書籍化!!
暁 なつめ
illustration 三嶋くろね
「上級魔法を習得してこそ一人前。爆裂魔法なんてネタ魔法」紅魔の里の教訓とは裏腹に、めぐみんは爆裂魔法習得のため、勉学に励む学校生活を送っていた。ある日、家に帰ると妹のこめっこが、見慣れない黒猫を抱きかかえていて——!?
シリーズ好評発売中
スニーカー文庫

この仮面の悪魔に相談を!
暁 なつめ
illustration
三嶋くろね
この素晴らしい世界に祝福を! スピンオフ
ゆんゆんやアイリスなど、
人気キャラのお悩みを
バニルが解決!?
好評発売中!
アクセルの街の裏路地にたたずむ『ウィズ魔道具店』はダメ店主・ウィズのせいで、常に経営難である。バイトのバニルは『先を見通す』能力で悩める人たちの相談屋となり、その報酬で稼ごうとするのだが——。
スニーカー文庫